7/23

Danger à la télé

Danger à la télé

Lael Littke

Traduit de l'anglais par
ROLAND OLIVIER

Données de catalogage avant publication (Canada)

Littke, Lael

Danger à la télé

(Frissons ; 45)
Traduction de : The watcher.
Pour les jeunes.

ISBN : 2-7625-7809-4

I. Titre. II. Collection.

PZ23.L58Da 1994   j813,.54   C94-940803-4

The Watcher
Copyright © 1994 Lael Littke
Publié par Scholastic Inc., New York

Version française
© Les éditions Héritage inc. 1994
Tous droits réservés

Dépôts légaux : 3ᵉ trimestre 1994
Bibliothèque nationale du Québec
Bibliothèque nationale du Canada

ISBN : 2-7625-7809-4   Imprimé au Canada

LES ÉDITIONS HÉRITAGE INC.
300, Arran, Saint-Lambert (Québec) J4R 1K5
(514) 875-0327

FRISSONS™ est une marque de commerce des éditions Héritage inc.

Chapitre 1

Debout au bord de la falaise, dissimulée parmi les arbres touffus, une silhouette encapuchonnée épiait Céleste Brouillard qui sortait de son manoir, en haut de la montagne. D'un pas dansant, elle descendit les marches du large escalier de pierre, jusqu'à sa petite voiture rouge décapotable stationnée sur le pavé uni de l'entrée. Sous l'ombre de son capuchon, le regard perçant de la mystérieuse silhouette suivait ses gestes.

Céleste caressa l'aile avant de son véhicule sport. «Mon auto à moi», s'exclama-t-elle joyeusement.

Effectivement, son père lui en avait fait cadeau pour son seizième anniversaire de naissance. Ô surprise, la petite bagnole lui avait été livrée à la porte même de la luxueuse résidence qu'elle partageait avec sa mère et son beau-père. Pour la première fois, elle allait prendre la route au volant de ce merveilleux présent paternel...

Souriante, radieuse, elle démarra doucement...

Sous sa cagoule, la silhouette guettait en silence...

Céleste sentait vibrer le moteur, sous le capot de son véhicule. Elle accéléra. Le moteur ronronnait comme un gros chat content. Les cheveux au vent, la jeune conductrice exultait de bonheur... Droit devant, la première courbe se dessinait sur la route pentue. Elle attendit cependant au dernier moment pour appliquer les freins. Histoire de faire durer le plaisir...

Horreur! Les freins ne répondaient pas...

Désespérément, Céleste tenta de virer vers le talus... En vain! Comme les freins, le volant était mort... La petite voiture dévalait maintenant le long du chemin abrupt...

Céleste poussa un grand hurlement en tombant du haut de l'escarpement. Après une chute vertigineuse, l'auto alla choir dans les arbres du ravin, en contrebas. Céleste fut projetée vers l'avant du véhicule, mais sa ceinture de sécurité arrêta le mouvement. Ouf! soupira-t-elle en s'accrochant au volant inutile.

Tout à coup, inexplicablement, la ceinture céda sous la masse de la jeune fille qui, telle une branche morte, s'abattit sur le sol. Un lugubre silence s'ensuivit. Même le soleil, haut dans l'azur, mit un nuage dans sa figure. Les oiseaux s'étaient tus... La nature, gênée, refusait de chanter, car, en tombant, Céleste s'était malencontreusement heurté la tête contre un énorme caillou... Son corps inanimé gisait maintenant sur la terre moussue, au pied d'un haut platane.

Sans bruit, tel un spectre exhalé des entrailles de l'enfer, la silhouette quitta son poste et s'approcha de Céleste avec précaution. D'une main gantée de noir, le sombre personnage déposa une rose rouge sang sur la poitrine de l'adolescente évanouie...

Assise sur le bord de sa chaise et comptant les secondes, Catherine Belmont attendait impatiemment la fin du cours d'histoire sur la guerre des Deux Roses, sans s'occuper des regards moqueurs de ses camarades de classe, préoccupée qu'elle était de SON téléroman.

Elle songeait à Céleste, personnage principal de ce roman-fleuve télévisé qu'elle affectionnait et dont elle suivait fidèlement toutes les péripéties depuis des mois.

Qu'allait-il advenir de son héroïne qu'une ambulance transportait de toute urgence à l'hôpital de *Rivière-Perdue*? Elle n'allait sûrement pas mourir! Pas à seize ans! Pas à l'âge qu'elle-même venait d'atteindre... Pas dans la fleur rose de l'âge... Impossible! On ne meurt pas à seize ans.

— Es-tu prête? demanda-t-elle à voix basse à son amie Lise, assise en avant d'elle.

Cette dernière acquiesça d'un signe de tête, pendant que, de l'autre côté de l'allée, Ken Grégoire les regardait en riant.

Dès que la cloche sonna pour annoncer la fin du

cours de maths, Catherine et Lise bondirent sur leurs pieds et se hâtèrent vers la sortie.

Toute la classe, voire l'école entière, était au courant de l'entichement de Catherine pour le fameux téléroman *Rivière-Perdue*. Aussi, des taquineries amicales fusaient sur son passage.

— Dis bonjour à Céleste pour moi, fit l'un d'eux sur un ton chantant.

Une autre étudiante murmura entre ses dents un commentaire désapprobateur du style: «Les gens qui suivent les romans-savons ne sont que des pygmées mentaux.»

Mais Catherine s'en fichait comme de l'an quarante. Il fallait absolument qu'elle sache ce qui était arrivé à Céleste...

Une fois dehors, elle exhorta sa copine à se dépêcher.

— Grouille-toi, Lise.

— Je ne peux aller plus vite, rétorqua cette dernière tout essoufflée.

Un pâté de maisons plus loin, elles remarquèrent la présence de Ken qui les avait rejointes d'un pas allègre sans même haleter.

— Que veux-tu? lui cria Catherine.

— Je veux voir pourquoi tu cours comme si tu avais le diable à tes trousses.

Catherine décida de le laisser faire. Depuis toutes ces années qu'ils étaient voisins, elle savait qu'il ferait à sa tête, quoi qu'elle en dise. De toute façon, Ken, pour elle, n'était qu'un Schtroumpf maladroit. Le champion du «pieds dans le plat»...

Ils arrivèrent enfin, tous trois hors d'haleine, à la boutique d'électroménagers de M. André. Tous ses téléviseurs, rangés contre un mur, étaient syntonisés au même canal: celui qui télévisait quotidiennement *Rivière-Perdue* à l'heure du midi.

Le proprio de la boutique connaissait les adolescentes et leur avait même apporté des chaises ce jour-là, afin qu'elles puissent regarder leur émission préférée.

Dans les petites villes, les boutiquiers sont souvent amis avec tout le monde, surtout si leur commerce d'appareils électroniques et vidéo est situé dans le voisinage d'une école secondaire.

Toujours est-il que Lise et Catherine avaient maintenant les yeux rivés à l'image de Céleste qui, à l'écran, était emportée sur une civière dans la salle d'urgence. La rose rouge sang reposait toujours sur sa poitrine.

— Je n'ai pas de chaise pour toi, mon gars, fit M. André en s'adossant près d'un mur d'où il pouvait surveiller les clients éventuels.

— Y a rien là, répondit Ken en s'assoyant par terre.

— Terrible, cet accident, commenta M. André.

Catherine fit oui d'un signe de tête sans quitter des yeux le personnage de Céleste, dont les vêtements de denim bleu étaient maculés de sang et dont le visage était aussi pâle qu'un suaire.

Une grande porte à deux battants s'ouvrit pour

*livrer passage au beau docteur Carl Weston, nou-
vellement arrivé à l'Hôpital Général de Rivière-
Perdue.*

Soit dit en passant, ce rôle était incarné par
l'acteur le plus en demande pour jouer dans les téléromans. Il était la vedette de l'heure, au petit écran.

— Wow! soupira admirativement Catherine.

Elle n'avait pas prévu ce nouveau développe-
ment imaginé par l'auteur. «Wow! Céleste et le
beau Dr Weston!» songeait-elle. Tout irait bien,
maintenant que le nouveau héros était là.

*Le médecin se pencha sur la jeune patiente et
retira la rose rouge de son veston ensanglanté.
«Que signifie ceci?» s'enquit-il.*

*L'un des ambulanciers l'informa, en haussant
les épaules: «Elle était là quand nous l'avons
trouvée. Alors nous l'y avons laissée. Nous avons
pensé que la police voudrait la voir.»*

Tout en regardant l'émission, Catherine suivait
le fil de ses pensées... Céleste Brouillard...
Catherine Belmont... Bizarre. Leurs initiales
étaient les mêmes: C.B. Parfois, l'adolescente imaginait qu'elle glissait dans la peau du personnage de
Céleste. Juste pour s'amuser, bien sûr.

D'ailleurs, la vie fictive de Céleste était de loin
beaucoup plus intéressante que la sienne. Elle habitait ce merveilleux mini-château, pouvait s'acheter
des vêtements mode, ou tout ce qu'elle désirait, à
volonté. Sans oublier ce délicieux petit véhicule
rouge, bien qu'il fût à présent une perte totale...

12

Oui, Catherine aurait sûrement aimé prendre la place de Céleste.

Sauf pour cet horrible accident, bien entendu. Quoique, d'un autre côté, des compensations semblaient poindre à l'horizon. Après l'intervention chirurgicale du Dr Weston, elle allait émerger de son sommeil et, qui sait…

Dans la salle d'urgence, étendue sur la table d'examen, Céleste tourna de l'œil. Vivement, le docteur s'approcha d'elle et lui tapota la main. « Céleste, dit-il d'une voix ferme, reste avec nous. » Il tendit la rose rouge à l'une des infirmières, et plaça son stéthoscope sur la poitrine de Céleste à l'endroit où se trouve le cœur… à l'endroit même où la rose reposait auparavant…

Catherine s'était laissé prendre au jeu des acteurs. Ses paupières battaient… Comme si elle était réellement couchée sur la table… comme si elle faisait partie de la scène qui se déroulait à l'écran… elle tentait de concentrer son regard sur le visage du Dr Weston, sur ses yeux bleus pleins de sollicitude alors qu'il écoutait battre son cœur…

Inconsciemment, elle laissa échapper un profond soupir… Elle fut brusquement ramenée à la réalité par Ken.

— Ah! c'est pour voir ça que vous avez couru le marathon jusqu'ici?

Il avait l'air dégoûté.

— Ah! les filles! reprit-il narquois. Une vraie émission de quotient de patate à l'eau de rose…

Puis, d'une voix de fausset, avec la bouche en cœur, il ajouta :

— Oh ! Dr Weston. J'ai mal. Aidez-moi !

D'une voix normale, imitant celle du comédien, il enchaîna :

— Courage, Céleste. J'ai une chance sur deux mille sept cent quatre-vingt-treize de vous sauver si je vous opère immédiatement…

— Je vais saisir cette chance, Dr Weston. Carl… mon chéri, mon trésor… mon amour…

Un rire étouffé vint conclure son improvisation.

— Bravo, fit Lise. T'es pas mal bon. Tu devrais peut-être écrire des romans pour la télé. Il paraît que c'est payant.

Catherine les ignora et concentra son attention sur l'écran où, sur les lieux de l'accident, on montrait en gros plan la ceinture de sécurité de Céleste. C'était clair comme de l'eau de roche. Le tissu en avait été COUPÉ. Aucun fil ne pendouillait, sauf à l'une des extrémités. Son volant et ses freins avaient également été sabotés !

Quelqu'un avait tenté d'assassiner Céleste ! Catherine étouffa une exclamation. Tant pis si Lise et Ken se moquaient de l'émission et d'elle-même. Oui, elle *se souciait* de Céleste. Elle aimait ce personnage.

D'ailleurs, les taquineries de Ken lui étaient coutumières. Il en avait pris l'habitude depuis le jour où elle avait refusé de l'accompagner à la danse annuelle de l'école.

Elle n'avait pas voulu le peiner ni l'offusquer, mais l'idée de sortir avec Ken lui avait paru farfelue. Après tout, ils étaient voisins depuis l'âge de sept ans. À cette époque, sa mère et elle s'étaient installées à Granby.

Tout d'abord, il avait réagi comme si elle l'avait giflé. Puis, il avait pris le parti d'en rire. Mais il aimait bien l'asticoter. Et pas toujours gentiment.

L'attitude de Lise la surprenait cependant; elle croyait sa meilleure amie aussi passionnée qu'elle-même par cette télésérie.

— Vous pouvez vous en aller, dit-elle froidement à ses copains.

— Pas question, répliqua son voisin.

Le Dr Weston dit à Céleste qu'il allait se brosser les mains et qu'il la reverrait dans la salle d'opération. Elle lui tendit la main. Il se retourna et plongea son regard bleu dans celui de la jeune fille...

— Oh! oh! comme c'est charmant.

Catherine n'eut pas besoin de se retourner pour identifier la propriétaire de cette voix. C'était nulle autre que Barbie. Mademoiselle Taille-et-visage-de-mannequin Marsan. Barbie l'enquiquineuse, qui se prenait pour le nombril du monde.

Une autre voix se fit entendre.

«Rivière-Perdue!»

— Tiens, je n'ai pas vu cette émission depuis un an. Ah! c'est Céleste. Que lui arrive-t-il?

La voix était profonde, bien timbrée, masculine. Catherine tourna la tête pour voir qui venait de parler. Grand et mince, le jeune homme portait des jeans délavés et un t-shirt vert foncé orné d'un tigre doré sur le devant.

Un magnifique visage émergeait du t-shirt. Un visage hollywoodien avec de belles dents blanches, un nez de dieu grec et de merveilleux yeux gris clair piquetés d'or.

— Je m'appelle Tex Casavant, fit-il en tendant la main à Catherine. Je suis content de rencontrer une autre amateure de *Rivière-Perdue*.

En voyant le nouveau venu, Catherine ressentit comme un choc. Il lui semblait connaître ce garçon.

Pourtant, elle était certaine de ne l'avoir jamais rencontré. Alors, pourquoi ce beau visage aux traits réguliers lui semblait-il si familier ?

À moins que, tout comme Céleste qui venait d'avoir le coup de foudre pour le Dr Weston, elle ait été séduite par le charme de Tex. Son cœur battait plus vite. L'excitation la gagnait et jetait le trouble en son âme. Comme si le cours de sa vie était sur le point de changer irrémédiablement.

D'un geste gracieux, elle prit dans la sienne la main que lui tendait le bel adolescent. Il enlaça ses doigts aux siens et, d'un regard étrange, fixa intensément son visage de seize ans encadré de longs cheveux.

— Céleste !

Doucement, il tirait sur sa main pour qu'elle quitte sa chaise. Bientôt, elle fut debout.

— Oui, oui, enchaîna-t-il. Mêmes yeux noisette,

même chevelure de soie brune. Et mêmes vêtements ou presque, conclut-il en promenant son regard sur l'ensemble en denim bleu que portait Catherine.

Lise, Ken et même Barbie suivaient la scène avec intérêt.

Nerveusement, Catherine fit un pas en arrière. Tex lâcha sa main et se mit à rire.

— Désolé de t'avoir fait peur, s'excusa-t-il. Mais sais-tu que tu es le portrait tout craché de Céleste?

— Voyons donc. Moi, ressembler à Céleste? Tu veux rire, hein?

— Te rappelles-tu, l'an dernier, quand Céleste avait les cheveux longs?

Il eut un petit rire nerveux, comme s'il avait été gêné.

— Vois-tu, j'ai regardé *Rivière-Perdue* et tous les autres téléromans pendant des mois, l'année passée; j'avais subi une blessure à une jambe dans un accident à la suite duquel j'ai dû être immobilisé. Je suis donc devenu très familier avec Céleste. Et vous vous ressemblez comme deux gouttes d'eau toutes les deux.

À ce moment, Barbie saisit Tex par le bras.

— Bon, fit-elle d'une voix autoritaire, tu étais supposé m'aider à choisir un lecteur de disques compacts. As-tu oublié? Si ça continue, l'heure du dîner va passer et on n'aura pas le temps de l'acheter.

Inutile pour Barbie de regarder l'émission; comme l'héroïne de la série, elle était un chouchou des dieux et pouvait se payer n'importe quoi. Du lecteur de disques compacts à sa petite voiture sport toute blanche, sans oublier les vêtements dernier cri.

Tex s'éloigna de quelques pas, puis, se retournant vers Catherine :

— Si tes cheveux étaient courts comme ceux de Céleste, tu serais sa jumelle.

— Ça serait parfait, interjeta Barbie d'un ton coupant. Ils sont sur le point de la tuer, tu sais.

— Barbie ! s'exclama Tex.

— Oh ! je ne voulais pas dire tuer vraiment, corrigea Barbie en adressant un sourire mielleux à Tex. Mais j'ai lu dans un magazine que l'actrice qui joue le rôle de Céleste avait l'intention d'aller vivre à Hollywood. Alors, les producteurs vont probablement faire mourir son personnage.

Puis, se tournant vers Catherine, elle ajouta dans un sourire forcé :

— Je ne *te* veux aucun mal, tu sais.

Prenant Tex par le bras, elle l'entraîna vers la sortie.

— Viens-t'en.

Tex lança à Catherine un sourire de regret par-dessus son épaule. Silencieuse, la jeune fille les regarda partir. Elle n'avait même pas eu la chance de lui faire connaître son nom. Et Barbie ne se donnerait sûrement pas cette peine.

— Cette fille est pire qu'un scorpion, commenta Lise.

— Bah ! chien qui aboie ne mord pas, philosopha Catherine.

À la vérité, cependant, aucun atome crochu ne la reliait à Barbie. Et maintenant qu'elle venait d'être choisie pour faire partie de l'équipe des majorettes, Barbie ne la porterait sûrement pas dans son cœur.

Probablement même qu'elle se réjouirait si jamais un malheur frappait Catherine.

Lise interrompit le courant de ses pensées.

— Hé! c'est vrai que tu ressembles à Céleste, fit-elle en la toisant.

Ce disant, elle releva les longs cheveux de Catherine pour dégager son visage.

— Qu'en penses-tu, Ken?

— C'est son parfait sosie, approuva l'étudiant, d'un ton surpris.

Lise laissa retomber les cheveux de sa copine.

—Eh bien! Je suppose que ça prend un nouveau venu pour s'apercevoir de cette ressemblance…. qui est-il au juste?

— Il vient de déménager dans le coin, répondit Ken. Il est dans la même classe que moi en électronique.

Tex Casavant… Catherine fouillait dans les fichiers de sa mémoire…

Songeuse, elle tournait une mèche de cheveux sur son index…

Peut-être les couperait-elle… Comme Céleste…

*Le D*r *Weston, vêtu de la tenue verte des chirurgiens, apparut à l'écran. Il s'approcha de la table d'opération où Céleste dormait, tenant à la main un scalpel scintillant…*

La caméra montrait maintenant une chambre d'hôpital où un lit inoccupé attendait vraisemblablement Céleste.

En gros plan, une main gantée de noir s'approcha de la table de chevet. La main tenait un vase blanc à long col d'où émergeait une rose rouge sang.

Un long frisson de terreur parcourut l'échine de Catherine.

Cette ressemblance hallucinante avec Céleste, mise en lumière par Tex, devenait pour elle synonyme de menace.

Chapitre 2

Cette seconde rose cachait-elle un nouveau mystère ? Qui l'avait placée sur la table de chevet ? Le personnage masqué ? Ou s'agissait-il d'une nouvelle idylle ? Et si c'était le Dʳ Weston qui avait demandé à l'infirmière de déposer la rose à cet endroit, lui qui ignorait tout du sabotage des freins et du volant de la voiture de Céleste, ainsi que du mystérieux personnage masqué ?

L'épisode de *Rivière-Perdue* terminé, Ken, Lise et Catherine reprirent le chemin de l'école, après avoir avalé un sandwich au restaurant du coin.

— Que signifient ces deux roses ? demanda Catherine à haute voix.

— Quelles roses ? questionna Ken.

— Voyons, Ken, je parle des deux roses qu'un inconnu a laissées à l'intention de Céleste.

— Ah ! fit Ken. Un personnage sinistre à la main gantée. Des roses rouge sang. Tu ferais mieux d'oublier cette Céleste. Tu sais ce que Barbie Marsan a dit. De son index, Ken fit un mouvement comme pour se trancher la gorge.

— Crois-tu que dans la série on «tuerait» le personnage de Céleste, un personnage principal? demanda Catherine. C'est impensable!

— Pourquoi pas? rétorqua Lise. Quand un acteur décide de se réorienter, on n'hésite pas à faire disparaître son personnage. Et puis, *Rivière-Perdue*, ce n'est qu'un roman-savon. Tu sembles penser que ses personnages sont réels.

Mais, pour Catherine, c'était du réel, du vrai. Elle se dirigea vers sa classe pour le cours de français pendant que Lise et Ken se rendaient au cours de maths.

Assise à son pupitre, elle sentait qu'elle allait jouer un nouveau rôle dans le drame de sa propre vie, Tex Casavant y serait impliqué. Pour y arriver, elle devrait le sortir des pattes de Barbie.

Les choses tournaient dans sa tête. Une intrigue se nouait autour d'elle et de Tex, à l'exemple du Dr Weston et de Céleste.

La professeure, mademoiselle Séguin, lisait l'ode fameuse de François Malherbe, un poète français depuis longtemps disparu:

Mais elle était du monde où les plus belles choses
Ont le pire destin;
Et, rose, elle a vécu ce que vivent les roses,
L'espace d'un matin.

La mort à longues manches, vêtue d'écume blanche, viendra-t-elle cueillir la vie de Céleste, se murmura Catherine à voix basse, perdue qu'elle était dans ses pensées.

— La terre appelle Catherine, la terre appelle Catherine, disait Lise à voix basse.

Catherine lui lança un regard interdit.

— Descends de la lune, ma vieille.

Plongeant le nez dans son livre, elle ignora les chuchotements et les regards moqueurs de ses camarades de classe. Mais comment avait-elle bien pu se laisser aller ainsi à verbaliser ses pensées?

Mal à l'aise, elle sentit le rouge de la gêne lui monter au visage. Heureusement que Tex n'était pas là… Mais Barbie l'avait vue et, surtout, entendue. Elle prendrait sûrement un malain plaisir à lui relater l'incident…

La cloche sonna pour annoncer la fin du cours. Tous se levèrent. Quelques élèves regardaient curieusement Catherine, d'autres s'esclaffaient franchement.

— Encore partie au pays des rêves, hein? railla Barbie en passant près d'elle, atterris!

Facile à dire pour Barbie, elle qui possédait tout dans la vie, même Tex Casavant. Mais pas pour longtemps.

Catherine cherchait Lise des yeux. Après l'école, elles retournaient à la maison presque toujours ensemble. Lise demeurait avec sa tante et son oncle et leurs cinq enfants à quelques pas de la maison de la mère de Catherine.

Lise attendait comme d'habitude près du gros chêne en face de l'école. Dès qu'elle vit Catherine approcher, elle se mit à marcher sans attendre Catherine. Cette dernière la rejoignit.

— Qu'est-ce qui ne va pas, Lise?

— Tout va très bien, répondit Lise en jetant un drôle de regard à Catherine. Ma meilleure amie devient fofolle à cause d'une série-savon chimérique, en classe elle se parle à elle-même, mais tout va bien.

Catherine s'arrêta.

— Es-tu embarrassée de marcher à mes côtés, Lise? Si oui, je peux retourner seule à la maison.

Lise changea son sac d'épaule et prit le bras de Catherine.

— Allons, espèce d'intoxiquée, sois pas si pointilleuse.

Plus grande et plus forte que Catherine, Lise l'entraînait littéralement.

Catherine rompit le silence.

— Dis-moi la vérité, Lise. Est-ce que je ressemble vraiment à Céleste comme Tex l'a affirmé?

— Oui, oui, répondit Lise. Si tu coupais tes cheveux, tu serais sa sosie. Maintenant, oublie cette série.

— Mais, je croyais que tu aimais cette série autant que moi?

— Je l'aime, je l'aime cette série, Catherine, mais je n'en suis pas obsédée comme toi. Je ne cours pas comme une folle vers la boutique de M. André pour ne pas perdre une seconde de l'épisode, je n'imagine pas des fantaisies romanesques au sujet du Dr Weston ou de ces autres acteurs…

— Tiens, toi aussi tu te parles à toi-même, Lise.

Cette dernière jeta un regard sur les étudiants qui les observaient.

— Je t'embête, n'est-ce pas, Lise? Excuse-moi. Peut-être aimerais-tu m'écrire des scénarios pour que je ressemble davantage à mes soi-disant amis?

En voyant le regard que venait de lui lancer Lise, Catherine se rendit compte qu'elle avait trop parlé, qu'elle avait surdramatisé.

Pourtant, elle avait bien joué la scène, tout comme Céleste savait le faire. Parfois, seule à la maison, Catherine s'employait à imiter les gestes de Céleste, ses intonations de voix avec un léger accent à la française.

Lise haussa les épaules, changea son sac d'épaule et se dirigea rapidement vers la maison de son oncle. Lise était ainsi. Elles étaient devenues de grandes amies depuis que Lise était déménagée chez son oncle deux ans auparavant.

Lentement, Catherine continua son chemin, s'imaginant qu'une caméra captait tous ses mouvements alors qu'elle longeait le parc municipal. Au coin de la rue, en bordure du parc, elle aperçut un objet. En s'approchant, elle découvrit une boîte de détergent Tide sur laquelle était collé un morceau de carton en forme de pierre tombale. Quelque chose y était écrit. Elle fit quelques pas en avant, mais son pied s'enfonça dans un trou qui semblait avoir été dissimulé par du gazon frais coupé. Elle ressentit une violente douleur à la cheville avant de tomber. Elle se releva et en se penchant elle crut lire sur la boîte le message suivant: «Ci-gît C.B. Qu'elle repose en paix.» Mais un second coup d'œil lui permit de lire ce qui était vraiment écrit: «Ci-gît C.B. Qu'elle repose en pièces.» C.B. … Céleste Brouillard ou… Catherine Belmont?

Catherine se releva, la bouche sèche, le cœur serré comme dans un étau. Quelqu'un avait placé cette boîte à cet endroit à son intention. Elle voulut courir chez elle, mais la douleur l'arrêta. Elle examina de nouveau la boîte. Quelqu'un voulait-il lui jouer un sale tour? Voulait-on la ridiculiser à cause de sa «folie» pour la série *Rivière-Perdue*?

Oui, c'était ça! La boîte de savon le prouvait. Cette personne était sans doute cachée dans les environs pour savourer le désarroi de la «mordue» de la série-savon.

Catherine reprit ses sens, elle n'allait pas laisser voir sa peur. Après avoir donné un coup de pied sur la boîte, elle reprit calmement le chemin du retour, comme si rien ne s'était passé. Pourtant, quelqu'un avait bien creusé un trou pour la faire culbuter.

Peut-être aussi que la terre sortie du trou avait servi à façonner le petit monticule sur lequel reposait la boîte de Tide et que sa blessure avait été accidentelle?

Oui, c'était ça, se dit-elle. D'ailleurs, qui aurait voulu la blesser?

Une auto s'approcha d'elle.

— Hé! Catherine, veux-tu que je te reconduise chez toi?

C'était Ken Grégoire.

— Pourquoi pas? répondit-elle.

Elle prit place à côté de Ken qui démarra en trombe.

— Il m'a semblé que tu boitais, demanda Ken.

— Non, pas du tout, reprit Catherine en pensant que Ken aurait bien pu être l'auteur de ce vilain tour juste pour la taquiner. Elle n'allait pas lui montrer que cela l'avait affectée.

— Où est Lise? continua Ken, je pensais que vous étiez des sœurs siamoises?

— C'est plutôt toi et elle qui êtes des siamois, lança Catherine.

— D'accord, d'accord, reprit Ken d'un ton maussade.

Depuis leur tendre enfance, Catherine ne manquait jamais une occasion de le corriger et elle savait que cela le piquait au vif.

— Vous êtes-vous disputées?

— Oui, fit sèchement Catherine. Peut-on être considéré comme bizarre parce qu'on adore une série télévisée?

— Non, dit-il, mais...

— Mais quoi?

Ken haussa les épaules.

— Mais... rien. Oublie ça.

Elle savait que Ken aimait bien la taquiner au sujet de *Rivière-Perdue*.

— Oh! si maman faisait réparer le magnétoscope, je pourrais enregistrer les émissions à la maison. Ainsi, je ne dérangerais pas les autres en courant à la boutique de M. André. Mais maman croit qu'il est plus important d'acheter du pain et des légumes, car nous ne sommes pas riches.

— Si tu veux, je peux examiner l'appareil, reprit Ken. Peut-être pourrais-je le réparer?

Le ton sérieux de ce dernier surprit Catherine plus habituée aux railleries de Ken qu'à sa galanterie.

— Je l'apprécierais beaucoup, Ken.

Il stationna l'auto dans l'entrée. En descendant de l'auto, elle vit du coin de l'œil s'ouvrir la tenture de la fenêtre du proprio, le vieux Albert Charlebois dit «La Fouine», qui habitait au premier étage du bloc. Comme d'habitude, le vieux Albert surveillait. Il allait sans doute sortir pour faire savoir à Catherine qu'il n'était pas bien d'inviter un garçon chez elle en l'absence de sa mère.

Cette dernière, en effet, travaillait tous les après-midi à la cafétéria de l'usine, à l'autre bout de la ville.

Catherine déverrouilla la porte d'entrée et fit signe à Ken de la suivre. Elle déposa ses livres sur la table de salon et s'approcha du téléviseur installé près d'une grande fenêtre d'où l'on pouvait voir la maison de Ken.

Elle enleva le magnétoscope de la tablette sous le téléviseur, après en avoir retiré une cassette sur laquelle elle avait voulu enregistrer un épisode de *Rivière-Perdue*.

— Tu peux apporter cette cassette, dit-elle à Ken qui acquiesça en soulevant le magnétoscope.

— Ce n'est peut-être qu'un problème mineur, fit-il, je te ferai connaître ce qui ne va pas dès que possible.

Il demeurait debout devant elle, la regardant dans les yeux.

Allait-elle lui offrir un cola, ou quelque chose ? Elle ne voulait pas qu'il s'attarde trop longtemps. Elle préférait être seule, pour être capable de penser au beau roman d'amour entre Céleste et le Dr Weston, comment il allait la soigner, la guérir pour ensuite en devenir amoureux.

Elle voulait aussi soigner sa cheville endolorie, tout en rêvant à Tex Casavant.

Elle ouvrit la porte et Ken sortit sans dire un mot, emportant le magnétoscope.

Un examen de sa cheville permit à Catherine de constater qu'elle n'était pas enflée. Au lieu de se faire un pansement, elle se prépara un sandwich au beurre d'arachide et s'étendit sur le sofa, enveloppée du châle de sa grand-mère.

Fatiguée, elle s'endormit et rêva au docteur Weston. Il s'approchait d'elle, un scalpel rutilant à la main. Les yeux du Dr Weston brillaient d'une lueur étrange… Du sang dégoulinait du scalpel…

Mais, ce n'était pas le Dr Weston du tout. C'était Tex Casavant qui avançait pas à pas… Il lui tendait une rose rouge d'où s'échappaient de grosses gouttes de sang…

Catherine s'éveilla en sursaut. Elle entendit un bruit. D'où venait-il? Elle se leva précipitamment. Sur la petite table à côté du sofa, elle vit un petit vase blanc dans lequel était placée... une rose rouge sang!

Chapitre 3

Catherine demeura immobile, figée, en regardant la rose dans le vase blanc. Quelqu'un avait pénétré dans son appartement, y avait placé une rose identique à celle que l'on avait retrouvée sur la poitrine de Céleste et sur sa table de nuit à l'hôpital.

Elle ouvrit la porte qui donnait sur le balcon dans l'intention d'appeler Ken à l'aide. Ken… pensa-t-elle. Et si c'était lui qui avait apporté la rose pour lui jouer un tour. Elle prit la fleur, sortit sur le balcon.

— Ken! cria-t-elle. Ce dernier sortit la tête de la fenêtre.

— Qu'y a-t-il? questionna Ken, je regarde un épisode de *Star Trek*.

— As-tu réparé mon magnétoscope?

— Pas si vite! Je dois diagnostiquer le bobo auparavant.

Catherine mit la tige de la rose entre ses dents en exécutant un pas de flamenco. Céleste avait posé un tel geste lorsqu'un de ses anciens amis, Willie Fréchette, lui avait offert une rose.

Puis, retirant la rose de sa bouche, en modelant bien ses mots à la manière de Céleste, elle dit à Ken:

— Merci pour la rose.

— Quoi? Qu'est-ce que tu dis?

Catherine refit sa performance avant de lancer la fleur du haut du balcon.

Comme elle se penchait pour voir atterrir la rose, la balustrade céda sous sa masse. Elle n'eut que le temps de s'agripper à un poteau, évitant d'être précipitée tête première sur l'entrée de béton.

— Hé! Catherine, essaies-tu de m'impressionner avec ton numéro?

— Ce n'est pas un numéro! J'aurais pu me fracasser le crâne sur le ciment, lança Catherine en s'adossant au mur.

Quelqu'un avait-il saboté la balustrade, sachant qu'elle s'y appuyait régulièrement? Elle aurait pu se tuer!

— Cette balustrade aurait dû être réparée depuis un bon moment, lui cria Ken. Veux-tu que j'aille la remettre en bon état?

Pourquoi cette offre si spontanée? Ken serait-il le responsable de ce sabotage? Elle chassa cette idée de son esprit. Ken aimait bien jouer des tours, mais de là à vouloir la blesser gravement?...

— Non merci, répondit Catherine. Répare plutôt mon magnétoscope. Je vais demander au vieux Albert de s'occuper de la balustrade.

Le lendemain matin, Lise ne l'attendait pas à la porte comme d'habitude. Ken y était, au volant de sa voiture.

— En route pour l'école ! lui dit-il en ouvrant la portière.

Catherine y monta et vit son magnétoscope bien ficelé sur le siège arrière.

— Pourquoi l'apportes-tu à l'école ? questionna Catherine.

— Je crois que j'ai découvert le bobo et je veux faire un test à l'aide des instruments que nous avons dans la classe d'électronique. Si je ne réussis pas, je demanderai conseil à Tex, un bolé dans ce domaine.

Tex... En entendant ce nom, Catherine se sentit plus enjouée, plus légère.

— Tex est-il dans ta classe d'électronique ? demanda-t-elle en prenant un ton désintéressé, comme si la chose ne lui importait pas.

— Oui, comme je te l'ai mentionné hier. Barbie Marsan suit également ce cours. Peut-être pourrait-elle réparer ton appareil ?

Cette Barbie était vraiment brillante. Elle prenait des cours de physique, de chimie et même d'électronique. Elle avait tout. Pourquoi avait-elle été fâchée de voir Catherine obtenir un poste dans le corps de majorettes ?

Soudainement, Ken appliqua les freins en klaxonnant.

— C'est Lise. Crois-tu qu'elle va monter à bord ? demanda Ken.

— Je ne sais pas, fit Catherine en pensant à la dispute avec Lise la veille.

Mais Lise arrivait en courant. Elle lança ses livres sur le siège.

— Merci Ken, allô Catherine !

Lise avait donc oublié le différend de la veille.

— Bonjour Lise, comme tu n'étais pas à ma porte, j'ai pensé que tu n'allais pas à l'école aujourd'hui.

— Oh ! j'étais en retard, car j'ai dû aider ma tante à préparer les enfants pour l'école. Tu sais, elle ne va pas bien depuis un certain temps.

Il y a quelque temps, Lise avait avoué à Catherine qu'elle la trouvait chanceuse de demeurer seule avec sa mère, que son père avait abandonné le foyer et que sa mère malade vivait dans une ville éloignée.

Arrivés au terrain de stationnement de l'école, Ken prit le magnétoscope et les filles leurs sacs.

— Je crois que je pourrai réparer ton appareil cet avant-midi, remarqua Ken. Au fait, Catherine, c'est tout un numéro que tu m'as présenté hier !

— Quel numéro ? s'informa Lise.

Catherine, se sentant soudainement joyeuse, répliqua :

— Vu que Ken a été assez gentil de m'offrir une rose, j'ai cru bon la mettre en évidence.

— Quelle rose ? fit Ken d'un air étonné.

— Ne fais pas l'hypocrite, Ken, je parle de la rose que j'avais mise entre mes dents et que tu avais placée sur la table près de mon lit auparavant.

— Je n'ai jamais placé de rose sur ta table, trancha Ken en s'éloignant, le magnétoscope sous le bras.

Catherine, d'un pas rapide, le rejoignit.

— Dis-moi, Ken, as-tu placé un objet à mon intention dans le parc hier?

L'étonnement que Catherine put lire sur le visage de Ken paraissait une preuve qu'il n'était pas responsable d'avoir posé ce geste. Après tout, les talents d'acteur de Ken étaient fort limités.

Seule avec Lise, Catherine lui raconta ce qui s'était passé : la boîte de savon Tide, le trou, la rose, la balustrade.

— Ce n'est pas toi par hasard, hein, Lise?

— Tu fabules, ma chère Catherine. Je crois que Ken a raison de te dire que tu prends les personnages de *Rivière-Perdue* pour des êtres réels, en chair et en os.

— Suis-je en train de devenir mentalement dérangée? se questionna Catherine. Voilà que j'accuse mes deux meilleurs amis. Mais, s'ils sont innocents, qui donc a posé ces gestes?

Au cours de l'avant-midi, il y avait une séance d'entraînement pour les majorettes. Au cours des exercices, Catherine aperçut Barbie assise dans les estrades.

— Et si c'était Barbie qui avait placé la boîte de savon et creusé le trou pour que Catherine se blesse à la cheville pour pouvoir la remplacer au sein des majorettes?

D'autre part, comment Barbie aurait-elle pu saboter la balustrade ?

Perdue dans ses pensées, Catherine trébucha.
L'instructeur s'approcha d'elle.

— Catherine, je t'ai choisie, ainsi que Suzanne
et Ève, pour monter un numéro spécial que vous
trois présenterez à la journée des parents. Tu devras
donc t'entraîner très sérieusement !

Était-ce un avertissement ? Heureusement, une
bonne nouvelle attendait Catherine à la sortie de la
classe. Ken avait réussi à réparer son magnétoscope.

J'ai même réussi à enregistrer le dernier épisode
de *Rivière-Perdue* pour toi, annonça Ken en se dirigeant vers son auto.

Rendu à la maison de Catherine, Ken transporta
le magnétoscope qu'il brancha au téléviseur.

— À votre service, mademoiselle Catherine,
lança en riant Ken qui se dirigea vers la porte d'entrée.

— Merci beaucoup, Ken.

Catherine aurait voulu lui offrir un cola, des crous-
tilles, mais le désir de demeurer seule pour regarder
sa série fut plus fort. Une fois Ken parti, elle s'empressa de « pitonner ». L'image apparut sur le téléviseur.

*L'air fatigué, pâle, Céleste reposait dans son lit
d'hôpital. Il n'y avait plus de bandages autour de
sa tête et sa chevelure courte semblait foncée sur
sa taie d'oreiller blanche. Une infirmière se penchait au-dessus d'elle. En regardant fixement la
rose sur sa table de chevet, elle interrogea l'infirmière.*

— Qui a apporté cette rose rouge ?

— Je ne sais pas, chérie. Ce doit être quelqu'un de l'hôpital, car personne d'autre n'est autorisé dans ce département.

Céleste eut un sourire.

— Ce doit être le D*r* Weston, répondit-elle.

La porte de la chambre s'ouvrit. C'était le D*r* Weston.

— Est-ce que j'ai entendu prononcer mon nom ? demanda-t-il en riant.

Les yeux de Céleste brillaient.

— Non seulement vous m'avez sauvé la vie, mais vous avez eu cette gentillesse de m'apporter une rose.

Le D*r* Weston jeta un coup d'œil à la rose. Son regard s'assombrit.

— Mais ce n'est pas moi qui t'ai offert cette rose.

L'image de cette rose rouge sang placée sur la poitrine de Céleste revint à l'esprit de Catherine.

Soudainement, l'écran devint brouillé, avant qu'une autre scène y apparaisse, filmée dans le parc. Rêvait-elle ? Ce visage familier... c'était elle. Quelqu'un l'avait filmée dans le parc au moment où elle avait découvert la boîte de Tide. Elle se vit trébucher à cause du trou dissimulé. L'image la montrait en train de frotter sa cheville endolorie avant qu'elle ne donne un coup de pied sur la boîte lorsqu'elle avait réalisé qu'il s'agissait peut-être d'un mauvais tour. Puis, la caméra s'arrêta sur l'épitaphe : « Ci-gît C.B. Qu'elle repose en pièces. »

L'écran redevint embrouillé avant que n'apparaisse une affiche écrite en caractères grossiers :

« AMUSE-TOI AVEC TON ROMAN-SAVON PENDANT QUE TU LE PEUX ENCORE. »

Chapitre 4

Catherine se sentit mal. Chaque battement de cœur résonnait dans sa tête un peu comme un coup de marteau. Ses mains moites tremblaient de peur.

Était-elle en train de « vivre dans les bulles du roman-savon », comme l'avait affirmé Ken ?

Elle se hâta de rembobiner la bande vidéo pour revoir la scène où elle apparaissait.

Cela lui semblait impossible. Comment pouvait-elle se retrouver au beau milieu d'un épisode de *Rivière-Perdue* ?

Sans force, elle s'adossa aux coussins du sofa et entreprit de rassembler ses idées éparpillées. « Pense, se dit-elle. Il y a sûrement une explication logique à tout ceci. »

Il n'y avait qu'une possibilité, ON l'avait filmée dans le parc devant la « pierre tombale » apposée sur la boîte de détergent, puis ON avait fait un montage de la séquence sur le ruban de son enregistrement.

Mais qui donc était ON ? Ken était le suspect

numéro un. Il avait très bien pu la filmer au parc la veille, avec le caméscope de sa classe d'électronique. De plus, il avait eu accès à son vidéo le jour même. Il avait donc pu truquer l'enregistrement de l'épisode du midi.

Mais Catherine réfléchit que bon nombre de personnes possédaient des caméscopes et que plusieurs étudiants avaient eu accès à son vidéo. Puis, elle se souvint que Ken lui avait dit que Tex était dans la même classe que lui, en électronique.

Cependant, Tex n'avait aucune raison de lui jouer des tours. Il la connaissait si peu et depuis si peu longtemps.

Non. C'était sûrement Ken. Rien ne l'empêchait, la veille, de placer la «pierre tombale» cartonnée dans le parc, AVANT de la filmer, et, par la suite, de la reconduire chez elle. Il avait sans doute planifié d'introduire clandestinement la cassette chez elle, comme il l'avait fait pour la rose. Mais elle avait été assez sotte pour lui demander de réparer son vidéo… Elle s'en mordait les doigts !

Mais, mais. Ah, mais non ! Elle ne lui avait rien demandé du tout. Il lui avait OFFERT d'examiner son magnétoscope. Probablement qu'il avait ri dans sa barbe en pensant au tour pendable qu'il allait lui jouer…

Ah ! le chenapan, le gredin, le pirate ! Elle ouvrit la porte et se précipita dehors.

— Ken, où es-tu, grand niaiseux, maudit pas d'allure, hurla-t-elle. Sors dehors que je te parle !

Personne ne répondit à ses cris. Personne ne parut à la fenêtre.

— Ken, l'interpella-t-elle à nouveau, réponds-moi, espèce d'imbécile… cervelle d'oiseau… épais…

Toujours pas de réponse. Elle alla même frapper chez son voisin. Mais il n'y avait pas un chat. Ah! le scélérat! Il avait dû prendre la poudre d'escampette en songeant à la colère qu'elle lui ferait à la suite du coup de Jarnac qu'il venait de lui faire.

— Ken, espèce de larve anémique, lança-t-elle encore, davantage pour se défouler que pour l'invectiver.

Elle alla vérifier dans l'entrée arrière, mais l'auto de Ken n'y était pas, comme de raison…

Je vais l'attendre, dit-elle à haute voix comme pour se convaincre, en s'asseyant dans les marches de l'escalier menant chez lui.

Elle resta assise pendant une dizaine de minutes avant de réaliser que cette attente était ridicule. En effet, dans combien d'heures reviendrait-il à la maison?

Elle retourna donc chez elle.

L'appartement lui parut plus vide, plus désert que d'habitude. Aussitôt rentrée, elle s'empressa de tirer les rideaux. Au cas où quelqu'un tenterait de l'épier à travers la fenêtre.

Trop nerveuse pour étudier, elle se mit à marcher de long en large. Elle décida d'appeler Lise, la solitude devenant intolérable.

— J'arrive, fit simplement cette dernière en entendant la voix effarée de son amie.

En l'attendant, Catherine rembobina la cassette jusqu'au début de l'enregistrement en songeant à la surprise que ne manquerait d'éprouver Lise en la voyant. Ensuite, elles pourraient toutes deux deviser sur la façon de remettre à Ken la monnaie de sa pièce.

— Que se passe-t-il? demanda-t-elle tout essoufflée d'avoir couru.

— Viens voir ça, dit Catherine en lui faisant signe de s'asseoir sur le sofa.

Elle mit le magnétoscope en marche. Pour la seconde fois, le thème musical de l'émission joua et Céleste, avec un regard ému et lumineux, remercia le Dr Weston pour la rose. Pour la seconde fois, le médecin assura sa jeune patiente qu'il ne lui avait fait cadeau d'aucune rose, pendant que son regard s'assombrissait à la pensée de l'autre rose; celle qui reposait sur sa poitrine, à son arrivée à l'urgence.

— Maintenant, Lise, regarde bien.

La scène s'estompa et la pub de Pepto-Bismol, montrant une rose plongée dans l'acide d'un estomac mal en point, apparut à l'écran. Catherine ne se rappelait pas avoir vu cette annonce publicitaire, la première fois qu'elle avait regardé l'enregistrement.

La scène suivante commença ensuite:

Le détective Daniel Lefuret, de la brigade policière de Rivière-Perdue, inspectait le tas de fer-

raille qu'était devenue l'auto de Céleste. Pointant la ceinture de sécurité nettement tranchée, il émit son verdict : «Je pense que nous avons là un cas de tentative de meurtre.»

— Aïe, attends, s'écria Catherine. Cette scène n'était pas là, tout à l'heure.

Saisissant la télécommande, elle rembobina la bande jusqu'à l'endroit où le Dr Weston répétait à Céleste qu'il ne lui avait pas donné de rose. Puis, vint la pub, suivie de la scène où le détective Lefuret croyait à une tentative d'assassinat.

— Il y a quelque chose qui ne marche pas.

Catherine mit de nouveau le magnétoscope en marche arrière. Encore une fois, les mêmes images se déroulèrent sur l'écran.

Ni giboulée crépitante, ni brouillage, ni lignes ondulées, ni segment monté de Catherine et de la fameuse «boîte-pierre tombale».

Intriguée, Lise observait Catherine.

— Quoi de neuf, docteur? dit-elle, imitant Bugs Bunny.

— C'est pas drôle, je t'assure, Lise. Je te jure qu'il y avait autre chose d'enregistré sur cette cassette-là. «MOI», j'étais là! Il y avait des images de moi et de cette stupide boîte de Tide, hier...

— Quoi? fit Lise d'un ton incrédule.

— Je te le jure! Croix de bois, croix de fer, si je meurs je vais en enfer! Quelqu'un m'a filmée dans le parc; ça saute aux yeux, voyons.

Lise eut un petit sourire entendu; Catherine était

sûrement sur le point de lui dévoiler le dénouement de la plaisanterie.

— Pas de farce, Lise. J'étais là, sur le ruban, avec la fausse pierre tombale. Et l'épitaphe dont je t'ai parlé : « Ci-gît C.B. Qu'elle repose en pièces. »... Puis, il y avait ces mots : « Amuse-toi avec ton roman-savon pendant que tu le peux encore. »

Lise resta muette pendant quelques instants, puis mit sa main sur le front de Catherine.

— Cath, chère amie, pour moi, tu travailles de l'électron. Tu as dû rester accrochée dans une des bulles de *Rivière-Perdue*...

Paniquée, Catherine gueula presque, en repoussant sa main d'un geste brusque.

— Tu sauras que je ne suis pas folle. O.K. ? C'est vraiment *arrivé*.

— Bon, bon. Mettons que tu ne *fabules* pas. Alors, où est la preuve ?

— Ken a dû venir ici et changer la cassette, Lise. C'est sûr.

Elle raconta alors à Lise qu'elle était sortie pour l'engueuler.

— Tu vois, je n'avais pas verrouillé la porte. D'ailleurs, jusqu'ici elle n'était jamais fermée à clef ou presque. Donc, pendant que je lui criais des bêtises et que je l'attendais, assise dans son escalier, il a dû entrer ici et remplacer ma cassette par une copie qu'il a dû faire à l'école. C'est simple, c'est ça qui est arrivé.

— Bon, bon, mettons, répéta Lise, d'un ton dubitatif.

Catherine s'apercevait bien que Lise, qui avait reporté son regard sur l'écran de la télé, ne la croyait pas.

— Bon, bien, que vas-tu faire, Cath ?

Pour toute réponse, Catherine alla chercher une paire de ciseaux.

— Coupe-moi les cheveux, Lise. Tu es habituée de couper ceux de tes petits cousins ?

Lise recula d'un pas en écarquillant les yeux.

— Cath ! Tu capotes, ma vieille. Tu souffres du syndrôme d'identification de personnalité. Comme le petit Elliot, dans E.T.

— Calme-toi, voyons, Je ne suis pas en train de perdre la boule. Non. Je veux juste me venger de Ken. Il pense que je perds le nord ? Eh bien, je vais lui faire croire que son stratagème a réussi. Ainsi, il se sentira coupable. De toute façon, j'y pensais depuis un bout de temps.

— C'est bien dommage pour tes beaux cheveux, Cath. Mais j'ai bien hâte de voir le visage de Ken quand il te verra. Ha ! ha !

Elles remirent le vidéo en marche et Lise tailla habilement les cheveux de Catherine et les coiffa de façon identique à ceux de la vedette de *Rivière-Perdue*.

— Regarde, dit-elle toute fière, en lui apportant un miroir, quand elle eut fini.

Catherine regarda l'image que lui renvoyait la glace. On aurait dit Céleste.

C'en était presque effarant. Comme si, tout à

coup, elle s'était métamorphosée en un personnage fictif nommé Céleste Brouillard.

— C'est génial, s'exclama Lise. Tu étais jolie avec les cheveux longs. Mais, maintenant, avec ton teint de lis et de rose, tu es spectaculaire. Tex va sûrement tomber amoureux fou de toi.

La remarque gênait Catherine. Que penserait-il d'elle? Croirait-il qu'elle courait après lui? ou qu'elle avait coupé ses cheveux afin de devenir la sœur jumelle de Céleste pour lui plaire?

Des pas résonnèrent dans l'escalier. Catherine regarda par la fenêtre.

— C'est Ken. Écoute, Lise. Recule la cassette à la scène de Céleste, dans son lit d'hôpital.

Lise se hâta de «pitonner» et Catherine, s'enveloppant du châle bleu de sa grand-mère, s'allongea sur le divan, en prenant un air malade.

Ensuite, Lise fit entrer Ken.

— Je suis bien contente que tu sois venu, chuchota-t-elle. Quelque chose d'épouvantable est arrivé à Catherine.

— Qu'est-ce qu'elle a? demanda Ken tout alarmé.

— Je l'ignore, murmura Lise. C'est vraiment effrayant. Je pense qu'elle s'identifie à Céleste. Tu sais, comme le petit Elliot, dans *E.T.* de Spielberg?

Bouleversé, Ken se laissa amener jusqu'au sofa où reposait Catherine qui, entre les cils de ses paupières entrouvertes, le voyait se pencher sur elle avec inquiétude.

— Elle a coupé ses cheveux, fit-il à voix basse. Comme Céleste.

Lise acquiesça en pointant l'écran de la télé.

Catherine, elle, éprouvait une sensation fort bizarre à doubler une scène télévisée.

Ken, lui, promenait son regard de Céleste à Catherine.

— C'est absolument dingue; pour moi, elle est complètement *sautée*. Penses-tu qu'on devrait appeler un médecin ?

— Non, murmura Lise. On est mieux d'attendre. Peux-être qu'on peut la ramener à elle ?

S'approchant de sa copine, *illico presto*, Lise frappa fortement dans ses mains.

Catherine eut toute la misère du monde à se maîtriser pour ne pas bouger, même d'un cil.

— Aucune réaction, marmotta Lise. Viens, on va aller discuter dans la cuisine.

Ils quittèrent la pièce sur la pointe des pieds. Catherine s'assit en songeant que Ken avait dû avoir assez peur pour admettre maintenant son forfait. Il devait se sentir vraiment coupable, à présent.

Elle était sur le point de l'appeler pour lui dire que ce n'était qu'une plaisanterie, semblable à celle qu'il lui avait lui-même préparée, lorsque, soudain, le téléphone sonna. Presque au même moment, comme elle allait saisir le récepteur, une autre sonnerie se fit entendre; elle provenait de l'appareil téléphonique, placé près du lit de Céleste, au petit écran.

— Allô! dit Catherine pendant qu'à la télé Céleste répondait de la même manière, une fraction de seconde plus tard, comme dans un doublage mal synchronisé.

Tout d'abord, son oreille eut peine à capter une voix presque inaudible, à l'autre bout du fil. Les sons, étranges et feutrés, semblaient étouffés, comme si l'interlocuteur — ou l'interlocutrice — parlait à travers une étoffe.

Puis, plus distincte, la voix prononça ces mots : « Comment as-tu aimé la rose, C.B. ? La rose couleur de sang ? »

Catherine raccrocha brusquement le récepteur en même temps que Céleste.

Chapitre 5

Catherine crut s'évanouir de frayeur. Elle se leva péniblement et se dirigea en titubant vers la cuisine.

— Lise! appela-t-elle, sans qu'aucun son ne sorte de sa gorge, exactement comme dans les cauchemars les plus affreux.

À la télé, Céleste se lamentait:

Qui donc me persécute? Qui donc veut me tuer?

Vacillante, Catherine pénétra dans la cuisine. Pâle, les traits tirés, elle haleta d'une voix presque éteinte: «Qui donc veut me tuer?»

Alarmés, Ken et Lise se précipitèrent pour la soutenir et la firent asseoir.

— Te tuer? fit Ken. Comment ça?

— Voyons, Cath. Conte-nous ce qui s'est passé, dit Lise.

— Céleste, babutia-t-elle. Là, à la télé. Non. Pas Céleste. Moi. Je veux dire, moi. Euh… il y a eu un appel téléphonique.

— Un appel ? Tu veux dire à la télé. Dans l'émission, hein ?

— Non, non. Pas dans l'émission, tenta-t-elle d'expliquer en secouant la tête, l'air confus. Euh… je veux dire oui, dans l'émission aussi. Mais quelqu'un m'a téléphoné à *moi*.

— As-tu entendu le téléphone sonner ? demanda Lise à Ken.

— J'ai entendu une sonnerie, mais j'ai cru que c'était la télé.

— Oui, intervint Catherine. Mais mon téléphone a aussi sonné. Et on a chuchoté dans mon oreille les mêmes choses qu'on a murmurées à Céleste.

— Les mêmes mots ? Es-tu certaine, Cath ?

— Absolument. Et presque en même temps, à part ça.

— *Presque* ? s'enquit Lise.

La pauvre Catherine inspira profondément pour garder son calme.

— Ben, c'était comme en écho.

Lise la regarda d'un air inquisiteur. Puis, avec un petit sourire complice, demanda :

— O.K., c'est quoi, la farce ? Veux-tu nous faire peur, ou quoi ? Parce que là, c'est ce que tu fais. Ou bien, essaies-tu toujours de te venger de Ken ?

Surpris, ce dernier s'exclama :

— Se venger de moi ? Mais pourquoi ?

— J'étais convaincue que c'était toi qui m'avais fait le coup de l'épitaphe sur la boîte de Tide, ainsi que les autres trucs… Mais là, ça ne peut pas être toi, puisque tu es ici…

Catherine réalisait bien qu'elle s'exprimait de façon confuse, mais elle ne pouvait faire autrement. Dans sa tête, toutes les images se mêlaient, comme au cœur d'un gigantesque maelström.

— Écoutez. C'est la vérité vraie. Je n'invente rien. J'ai entendu les mêmes mots dans mon téléphone, que Céleste dans le sien.

— C'est pas possible, Cath. Tu fabules encore. Peut-être devrais-tu arrêter de regarder *Rivière-Perdue*, avant qu'un court-circuit ne fasse sauter tes petites cellules grises.

Elle s'interrompit un instant et, songeuse, reprit:

— Ça doit être à cause de la coupe de cheveux.

— Hein?

— Bien oui, expliqua Lise en prenant dans la sienne la main de Catherine pour la réconforter. Tu vois, sans t'en apercevoir, tu t'es peu à peu glissée dans la peau de Céleste. Je veux dire, en prétendant que tu étais ce personnage, en t'habillant et en parlant comme elle… Puis, quand Tex t'a dit combien ta ressemblance avec elle était frappante, tu as voulu couper tes cheveux. Tu as seulement eu une petite *absence*. Cath. C'est pas grave.

Le cœur de Catherine, de nouveau, se mit à battre comme une horloge détraquée.

— Mais, Lise! C'est *arrivé* pour vrai! Tu ne me crois pas?

— Bien, j'aimerais ça. Seulement, ça ne se peut pas. Ce que tu dis n'a aucun sens.

Silencieux depuis un bon moment, Ken prit la parole:

— Hum! c'est peut-être possible, mais très peu probable. Allons voir dans le salon.

— Qu'est-ce qu'on cherche, au juste?

— Une explication. Un gadget. Un gremlin.

— Un gremlin?

— Oui, expliqua Ken savamment. Ce sont des petits lutins imaginaires qui jouent des mauvais tours aux avions et à leurs pilotes. C'est mon grand-père qui me l'a dit. Enfin, bref! Si tu préfères, disons qu'on cherche un microphone minuscule et secret.

Les trois étudiants passèrent la pièce au peigne fin. Rien. Nil. Nada.

— Avec un micro, ON pourrait entendre tout ce qui se passe ici, analysait Ken. Et ON aurait pu téléphoner en même temps que l'appel de la dernière scène de *Rivière-Perdue*.

Oui, mais comment expliques-tu que les mots aient été les mêmes? interrogea Catherine avec un petit sanglot hésitant dans la voix.

— Parce que l'émission avait été enregistrée *avant*, répondit Ken avec douceur.

— Tu veux dire qu'il y a une explication logique à cet appel? demanda Catherine en soupirant d'aise.

— Hum! disons qu'un peu de magie électronique expliquerait tout.

— Pas tout. Un micro secret expliquerait le comment, mais pas le pourquoi, nota Catherine.

Lise et Ken échangèrent un regard.

— Voyons, Cath. Personne ne te veut du mal. Es-tu absolument certaine que tu as reçu cet appel ? Es-tu absolument certaine que tu n'étais pas Céleste, quand ça s'est produit ?

— Je ne suis plus sûre de rien, admit Catherine d'un air malheureux.

Ah ! misère ! Ses amis ne la croyaient pas. Ils devaient penser qu'elle était paranoïaque obsédée ou schizophrène ; folle à lier, quoi.

Vu qu'aucun « gremlin » n'avait été repéré, Ken et Lise devaient avoir raison quand ils lui disaient qu'elle se prenait pour Céleste. Son désir, jusque-là inconscient, l'avait sans doute fait basculer dans sa fantaisie et voilà qu'elle parlait et agissait comme le personnage d'un téléroman qui n'avait rien à voir avec la réalité.

En fait, aucune preuve n'existait de l'épisode de la « pierre tombale » du parc municipal. « J'aurais donc dû la ramasser, songea-t-elle, et la montrer à quelqu'un. »

— Je me suis vue, dans l'émission de tout à l'heure, gémit-elle à voix basse.

— Qu'est-ce que tu dis ? fit Ken d'un air abasourdi.

Catherine lui raconta ce qui s'était passé la veille et comment une partie de l'émission avait été effacée et remplacée par un enregistrement superposé de sa mésaventure dans le parc.

— Pourquoi ne m'as-tu pas appelé ? Je serais accouru.

— Mais je t'ai appelé ! J'ai même crié après toi.
Tu n'étais pas chez toi…

Catherine se sentait tout à coup tellement fatiguée. Elle ne souhaitait qu'une chose : mettre fin à
ce cauchemar éveillé.

— Bon, raisonna Ken. Montre-moi l'enregistrement dont tu me parles.

— Je ne peux pas. Je ne l'ai plus…

« Enfer et damnation, j'aurais donc dû garder ce
maudit montage », ragea-t-elle intérieurement. Elle
était vraiment furieuse contre elle-même, en plus
de se sentir extrêmement lasse.

— Ken, tu as apporté mon magnétoscope dans
ta classe d'électronique, non ?

Était-il capable de lui avoir joué ce vilain tour
pour se venger de la rebuffade qu'il avait essuyée
lorsqu'il l'avait invitée à la danse de l'école ?

— Mais je n'ai dit à PERSONNE que c'était le
tien, protesta le jeune homme. Je t'assure. Et puis,
tout le monde était parti dîner, pendant l'enregistrement. Écoute, Cath. Es-tu certaine de ne pas te
tromper ?…

C'en était trop. Elle n'en pouvait plus de lire le
doute sur le visage de ses amis.

— En tout cas, merci d'être venus. Vous n'êtes
pas obligés de rester. Ça va mieux maintenant.
Enfin ! J'ai peut-être trop d'imagination, qui sait ?

Ken et Lise parurent heureux et soulagés qu'elle
ait enfin retrouvé ses esprits. Quant à Catherine,
elle les invita à venir regarder l'enregistrement de

l'épisode du lendemain, après l'école. Ils acceptèrent tous deux.

* * *

Après leur départ, Catherine essaya en vain de faire ses devoirs. Mais elle manquait de concentration. Son esprit revenait sans cesse aux événements étranges et inquiétants survenus ces derniers temps : sa rencontre inopinée avec la boîte de détergent mortuaire, le montage inexplicable sur une cassette disparue, la balustrade brisée du balcon, l'appel téléphonique cauchemardesque, la rose couleur de sang...

L'idée l'effleura, l'esprit que cette série noire d'aventures désagréables avait commencé juste après qu'elle eut fait la connaissance du beau Tex aux yeux de cristal gris... Simple coïncidence, conclut-elle.

Elle décida de ne rien dévoiler à sa mère des phénomènes dont elle était victime ; car Mme Belmont rentrait chez elle, le soir venu, complètement exténuée. De plus, elle avait plein de problèmes à la cafétéria où elle travaillait, et devait souvent remplacer d'autres employés au pied levé. Catherine ne voulait donc pas lui imposer d'autres soucis.

C'était mal connaître le cœur maternel, car toutes les mères du monde sont prêtes à se fendre en quatre pour aider ou protéger leurs enfants. Même chez les animaux.

La fatigue n'empêcha pas Mme Belmont de

remarquer du premier coup d'œil la nouvelle coiffure de sa fille, qu'elle trouva d'ailleurs très jolie.

— Hum! tu me fais penser à quelqu'un, ajouta-t-elle après l'avoir complimentée.

— Céleste Brouillard, de *Rivière-Perdue*.

— Oui, oui. C'est ça.

— Veux-tu un sandwich ou quelque chose d'autre, maman?

— Non merci, ma chouette. J'ai mangé à la cafétéria. Parle-moi plutôt un peu de toi. Comment ça va à l'école?

— Ça va bien, dit Catherine qui, sans y penser, ajouta: j'ai rencontré un nouveau garçon. Il s'appelle Tex. Tex Casavant. Mais c'est drôle, il me semble que je l'ai déjà vu quelque part... Connais-tu des Casavant, maman?

Mme Belmont, qui s'apprêtait à aller relaxer dans un bain moussant, s'arrêta net, comme pétrifiée par la foudre. Après quelques secondes, elle se tourna vers sa fille et lui affirma, d'un ton contraint, ne connaître personne de ce nom. Puis, portant la main à son front comme pour réveiller un souvenir endormi, elle lui confia:

— J'ai connu un Tex, il y a longtemps.

Cela dit, elle se dirigea vers sa chambre à coucher dont elle ferma la porte.

Catherine voulait lui demander pourquoi le nom de Tex avait semblé la contrarier, voire l'effrayer. Mais elle n'osa pas.

Perdue dans ses conjectures, elle sursauta vio-

lemment lorsque la sonnerie du téléphone la tira de
sa rêverie.

— Je vais prendre l'appel, maman.

D'une main hésitante, elle souleva le combiné
et l'approcha à contrecœur de son oreille.

— Allô?

— Allô? lui répondit une voix grave à l'autre
bout du fil. Allô? Ici le docteur Carl Weston.

Chapitre 6

Catherine raccrocha brusquement le récepteur. Elle avait peine à respirer. Qu'arrivait-il ? Pourquoi le Dr Weston lui téléphonait-il ? N'était-il pas avec Céleste ?

Elle voulut crier, mais la terreur lui nouait la gorge. Le Dr Weston ne pouvait lui téléphoner, il était un personnage de la série. En était-elle rendue au point où la fiction devenait réalité ? Devenait-elle schizophrène ou quoi ?

Elle s'affaissa sur le sofa, tentant de reprendre ses esprits.

— Pense, Catherine, se murmura-t-elle, pense, comme ton professeur de psychologie te l'a enseigné.

Elle respira profondément, osant à peine regarder l'appareil téléphonique de peur d'entendre une nouvelle sonnerie. Dans sa tête, elle réentendait les mots que quelqu'un lui avait dits au téléphone, les mêmes mots prononcés à la télévision.

Mais la sonnerie sur son appareil avait retenti quelques secondes avant la sonnerie à la télé, où chaque mot avait été comme un écho de ce qu'elle avait entendu sur son appareil.

Oui, elle avait bien entendu la voix du Dᵣ Weston sur son appareil avant de l'entendre à la télé.

Mais la frayeur qu'elle avait ressentie l'avait empêchée de suivre le dénouement de l'action de la série. Le Dᵣ Weston avait-il arraché le téléphone des mains de Céleste? Qu'avait-il dit?

D'une main tremblante Catherine fit faire marche arrière à la cassette jusqu'à la scène de l'appel.

Céleste souleva le récepteur. Une voix se fit entendre: « Comment as-tu aimé la rose rouge, C.B.? La rose couleur de sang? Terrifiée, Céleste laissa tomber le récepteur.

— Qu'est-ce qui ne va pas? lui demanda le Dᵣ Weston.

Les yeux hagards, Céleste se laissa tomber en arrière sur les coussins. Le Dᵣ Weston s'empara du récepteur. Allô? Allô? dit-il, ici le Dᵣ Weston.

C'était la voix que Catherine avait entendue sur son appareil, et les mêmes mots.

Quelqu'un avait donc pu enregistrer une cassette de la série pour ensuite la transmettre sur son téléphone. Oui, la magie de l'électronique, comme le lui avait expliqué Ken.

Cette explication ne chassa pas la frayeur qui avait envahi Catherine. Qui avait posé ce geste? Pourquoi? Elle ferma la télé, s'assura que la porte était parfaitement verrouillée et se glissa sous les draps. Après de longues minutes, elle sombra dans un sommeil agité où tournoyaient, pêle-mêle, d'horribles images.

Des monstres hallucinants avaient hanté sa nuit.

Pendant que la sirène d'un téléphone fou à coups de décibels martelait ses tympans…

Épuisée, elle ouvrit les yeux. Son corps était moite dans ses draps tortillés, et son réveille-matin sonnait à tout rompre sur sa table de nuit. Elle en arrêta la sonnerie et s'assit sur le bord de son lit.

Dehors, le soleil s'était lui aussi levé de son lit de nuages et avait, Dieu merci, repoussé les fantômes et les ombres nocturnes au fond des antres noirs où naissent les cauchemars.

C'était l'heure maintenant où les oiseaux, timides, commencent à chanter et s'abreuvent des larmes que l'aurore a versées sur les toiles d'araignées et les rosiers séchés. Catherine s'habilla en prenant la résolution d'agir comme Céleste, qui changeait complètement le cap de sa vie, avec le beau docteur…

Elle peigna ses cheveux, tout pareils à ceux de Céleste, en pensant à Tex et à cette nouvelle vie qu'elle désirait partager avec lui…

Une chose la tracassait, pourtant. Pourquoi sa mère avait-elle paru effrayée en entendant ce prénom? Et puis, pourquoi, entre ses cauchemars, Catherine l'avait-elle entendue farfouiller dans les tiroirs de son bureau?

Elle alla donc discrètement frapper à la porte de sa chambre pour lui souhaiter une bonne journée.

Mais comme sa mère ne répondait pas, elle prit ses livres et sortit. En voyant Lise qui l'attendait sur le trottoir, elle lui envoya la main et... échappa ses livres.

— Peux-tu faire moins de bruit? lui cria le vieux Albert.

Catherine ramassa ses livres et volontairement les laissa choir de nouveau.

— Tu aimes bien taquiner le vieux Albert, ricana Lise.

— Non, surtout pas ce matin, répondit Catherine d'un ton qui ressemblait à celui de Céleste.

— Te sens-tu bien, Cath?

— Un peu fatiguée.

À ce moment, Catherine aperçut un objet près du trottoir et le pointa du doigt. Lise le ramassa. C'était une ceinture de sécurité, coupée, comme celle de la voiture de Céleste. Oui, quelqu'un avait tailladé la ceinture de sécurité de Céleste. Et quelqu'un avait posé le même geste à son endroit en signe d'avertissement.

— Cette ceinture provient probablement du vieux tacot de Ken, remarqua Lise, ou peut-être d'un camion à ordures, et elle lança l'objet dans la rue.

En arrivant à l'école, Catherine rencontra Tex dans l'escalier.

— Tu parais radieuse ce matin, C.B., lança Tex. Ta nouvelle coupe te va très bien. Tu ressembles tellement à Céleste que tu pourrais la remplacer dans la série.

Tex voulait sans doute la complimenter, mais Catherine se mit à trembler.

— As-tu froid? demanda Tex, en s'approchant d'elle comme pour la protéger.

— Non, non, je me sens bien. Mais je préférerais que tu ne m'appelles pas C.B. Vois-tu, quelqu'un appelle Céleste C.B. à la télé et quelqu'un semble lui vouloir du mal.

— Permets-moi alors de t'appeler Catou.

— Je préfère ça, dit-elle.

— Qu'est-ce qui arrive dans *Rivière-Perdue*? demanda-t-il. Je n'ai pas pu aller chez M. André hier.

— Moi non plus, d'ailleurs. Ken a réparé mon vidéo et j'ai enregistré le programme ainsi que celui d'aujourd'hui.

— Alors je peux aller chez toi pour regarder les deux épisodes. Je t'attendrai après la classe près du chêne.

Avant de pouvoir répondre, Catherine aperçut Barbie qui approchait.

— Tex, fit cette dernière, où étais-tu passé? Tu devais m'expliquer mon problème d'algèbre. Je vais te débarrasser de lui, dit-elle à Catherine. Je ne voudrais pas que tu sois en retard pour ton entraînement des majorettes.

Consciente que Tex l'aimait, Catherine décida de tenir tête à Barbie et enroula son bras autour de sa taille.

— Tex et moi étions en train de discuter d'une

affaire importante, articula Catherine.

— Je suppose qu'il s'agissait de ton roman-savon, nargua Barbie, c'est une vraie hantise chez toi.

— Euh... fit Tex, l'air embarrassé, Catherine, écoute-moi, j'avais promis à Barbie de l'aider.

Catherine brûlait à l'intérieur. Elle retira son bras de la taille de Tex.

Barbie saisit la main de ce dernier pour l'entraîner et lui dit :

— Tex, j'ai une clé à te remettre, celle du chalet.

Ce dernier la saisit tout en sortant un trousseau de clés de sa poche.

— Ne te fais pas de fausses idées, Catherine, nos parents respectifs sont de grands amis et ils partagent un chalet dans la montagne, expliqua Tex avant de se diriger vers la bibliothèque avec Barbie.

Barbie avait gagné cette ronde, mais Tex allait chez Catherine après l'école.

À l'heure du lunch, Catherine raconta à Lise ce qui s'était passé.

— Tu m'as invitée chez toi pour regarder la série, remarqua Lise. Est-ce que l'invitation tient toujours ?

— Mais oui, fit Catherine qui avait aussi invité Ken au cas où quelqu'un aurait tripoté la cassette. Cette fois elle voulait avoir des témoins.

Lise éclata de rire.

— Je ne voudrais pas faire l'espion, Cath. De plus, je vais m'arranger pour sortir Ken afin que tu sois seule avec Tex. Si tu es d'accord, nous irons voir la série ce midi chez M. André. Ce soir, au lieu de regarder Céleste, tu pourras te concentrer sur Tex !

— Lise, tu es imbattable ! En route vers la boutique de M. André, nous manquerons le début, c'est certain.

En effet, elles arrivèrent après le début du programme, mais ce n'était pas grave.

Le Dr Weston signait le congé de Céleste. Il lui offrit d'aller la reconduire à la somptueuse maison de son beau-père située sur la montagne.

— Elle a récupéré très vite, nota Lise, mais que veux-tu, c'est ainsi dans les romans. Je suppose que leur idylle va aller grandissant. À moins que ce ne soit le mystère.

Catherine frissonna. M. André vint s'asseoir près d'elle.

— Vous savez, j'ai pris goût à cette série, dit-il.

— Chut, fit Catherine, les yeux rivés sur l'écran.

Le Dr Weston aida Céleste à monter dans sa rutilante Corvette. Il plaça une couverture sur les jambes de Céleste et prit place au volant.

— *J'ai peur, dit Céleste. Ma mère et mon beau-père ne doivent revenir à la maison que demain. Je devrai passer la nuit seule.*

Le Dr Weston secoua la tête.

— *Je vais rester avec toi, cette nuit, répondit-il. J'occuperai la chambre des invités. Tu ne peux rester seule.*

— *Les serviteurs sont là, nota Céleste.*

— *Tu leur donneras congé pour la soirée. Ce soir, je serai ton infirmier.*

— Prends garde, chérie, lança Lise. Aujourd'hui, on ne peut se fier à qui que ce soit.

Catherine sursauta.

— Tu ne vas pas soupçonner le Dr Weston, Céleste le connaît à peine.

Lise haussa les épaules.

— Elle ne le connaît peut-être pas, mais lui la connaît peut-être davantage. Tu te souviens lorsque Céleste avait été témoin du meurtre, en juillet avant de devenir amnésique. Elle ne s'est jamais souvenue de l'homme en habit foncé qui fuyait les lieux du crime. C'était peut-être le Dr Weston. Il aurait pu saboter les freins et le volant pour empêcher Céleste de se souvenir.

— C'est possible, avança M. André. Vous savez, le Dr Weston est arrivé à l'hôpital local après que Céleste eut souffert d'amnésie.

— Silence, s.v.p., fit Catherine.

Céleste et le Dr Weston étaient rendus à la porte de la maison. Ce dernier prit la clé des mains de Céleste et alla ouvrir la porte. Puis, il l'aida à sortir de l'auto.

Puis, la caméra montra une gerbe de roses rouge sang dans un grand vase placé sur une table dans la salle d'entrée.

L'épisode prit ainsi fin. Catherine se leva, pâle, tremblante. Allait-elle découvrir des roses en arrivant à la maison?

Elle se dirigea vers la porte de sortie.

Soudain, elle aperçut une gerbe de roses placée sur une grosse boîte de carton près de la porte.

Un bouquet de roses à peine écloses. On aurait dit d'énormes gouttes de sang sculptées de marbre rouge piquées sur des tiges de jade et plantées dans un vase d'albâtre.

Chapitre 7

— D'où est-ce que ça sort? haleta Catherine, dont le visage reflétait soudain la terreur.

— Qu'y a-t-il? demanda Lise en saisissant son amie par le bras.

— Là, là! Les roses! s'écria Catherine en pointant le bouquet d'une main tremblante. Elles n'étaient pas là, tout à l'heure!

Lise examina le bouquet à son tour.

— Tu as raison, Cath. Mais c'est pas grave, voyons. Capote pas pour quelques fleurs. Voyons, calme-toi et assieds-toi, je vais m'informer.

Elle revint bientôt, avec M. André, auprès de sa copine, qui respirait avec peine.

—Ouais. Bizarres, ces roses, commenta M. André. On est venu les livrer tantôt, pendant que vous regardiez la télé. Pas de carte… Hum! hum! C'est probablement ma femme qui me les a envoyées… Vous savez, demain c'est notre anniversaire de mariage. Hum! c'est ça. Elle aura sans doute voulu me rafraîchir la mémoire.

Catherine se sentait glacée, tout à coup; même les petits poils de sa nuque se dressèrent de peur. On veut ME rafraîchir la mémoire, songea-t-elle affolée. Cette idée la fit bondir de sa chaise.

— En tout cas, Lise, tu ne peux pas dire que ces roses sont le produit de mon imagination.

— Simple coïncidence, ma fille... Dites-nous, M. André, quelle fleur votre femme préfère-t-elle?

— Les roses rouges.

— Ah! Tu vois, Cath?...

Les deux copines marchaient sans échanger un mot depuis un coin de rue, lorsque Catherine rompit le silence.

— Avoue tout de même que c'est bizarre, ce bouquet sans carte qui arrive chez M. André pendant que j'y étais.

— Bon. Mettons. Mais en supposant que les événements que tu vis depuis quelque temps soient calqués sur ceux que vit Céleste, tu peux relaxer maintenant. Celui d'aujourd'hui, je veux dire le bouquet de roses anonyme, s'est déjà produit.

C'était sûrement logique, songea Catherine respirant plus à l'aise, maintenant qu'elle avait un témoin oculaire.

* * *

Personne n'attendait Catherine sous le grand chêne devant l'école. Où donc était passé Tex? Dans les « rets » de Barbie, tout comme le lion de la fable? La jeune fille eut un soupir de regret.

Tandis qu'elle retournait chez elle à pas lents, elle pensait à Lise et à sa promesse d'amener Ken quelque part après les cours. Elle serait donc seule à la maison, mais cette idée ne l'enchantait guère. Et si, tout à coup, «quelqu'un» l'y attendait? Non. Impossible. Cette pensée n'était sûrement que le fruit de son imagination. «La folle du logis», comme disait sa mère quelquefois. Peut-être regardait-elle trop la télé? Après tout, Céleste était un personnage fictif, même si, par pure fantaisie, Catherine se glissait parfois dans sa peau.

Elle approchait maintenant du parc municipal. Sans le vouloir, elle ralentit le pas, pendant que ses yeux scrutaient anxieusement le gazon vert et les arbustes avoisinants. Oups! Venait-elle d'y détecter un mouvement insolite? La filmait-on à son insu?

Serrant ses livres contre sa poitrine oppressée, elle accéléra. Soudain, un bruit de pas résonna derrière elle. Terrorisée, elle prit ses jambes à son cou.

— Catou! cria une voix. Attends-moi.

— Tex! haleta l'étudiante d'un ton soulagé.

— Je voulais te rattraper, expliqua-t-il. Mon auto est en panne. J'espère que tu n'as pas cru que je t'avais posé un lapin?

— Veux-tu appeler au garage pour ton auto? dit-elle d'un ton désolé.

— Non, non. Pas besoin. Je t'accompagne chez toi. Tu sais, j'ai pensé à notre rendez-vous toute la journée.

— Moi aussi, avoua-t-elle.

La présence de Tex la rassurait. Si jamais un événement fortuit se produisait, il la protégerait. Chemin faisant, il lui raconta toutes sortes d'anecdotes, y compris l'accident de patins à roulettes qui avait provoqué ses blessures. Comme il avait le sens de l'humour, en plus d'être beau, ses propos lui redonnèrent sa joie de vivre naturelle.

L'esprit apaisé et le cœur léger, elle ouvrit la porte que sa mère n'avait pas fermée à clé, malgré qu'elle lui ait demandé de le faire.

Avec appréhension, elle promena son regard sur la table du vestibule où, dans la séquence du jour, Céleste avait trouvé le bouquet fatidique.

Sauf quelques circulaires, rien d'alarmant n'était en vue. Elle respira d'aise.

— Eh bien, entre, Tex. Si tu veux, je peux préparer des biscuits aux brisures de chocolat, ou, si tu préfères, je peux commander une pizza… Elles sont dé…

Elle s'arrêta court. Son visage devint livide. Là, sur la télé, dans le salon où les deux ados venaient de pénétrer, trônait un bouquet de roses rouge sang, dans un vase de porcelaine blanche.

En reculant, elle faillit renverser le jeune homme qui avait perdu le souffle sous le choc.

D'un geste instinctif, pour ne pas tomber, Tex se raccrocha à Catherine qu'il avait attrapée par la taille.

Dans la tête de la jeune fille, les idées se succédaient à une vitesse folle. Elle se rappelait clairement les paroles de Lise : « Méfie-toi de lui, ma fille… » À qui donc Catherine, tout comme Céleste d'ailleurs, pouvait-elle se fier ?… Tex l'avait-il épiée, derrière les buissons du parc ?… Aurait-il été la cause de son appréhension, au parc municipal ?

Impulsivement, elle s'arracha des bras de Tex qui en perdit l'équilibre.

— Qu'y a-t-il, Catou ? Tu es toute pâle…

La voix de Tex reflétait la sollicitude.

— Qu'est-ce qui t'a fait si peur, Catou ? s'enquit-il en examinant la pièce attentivement.

Devait-elle se confier à lui ? N'était-il pas suspect ? Tout n'avait-il pas commencé le jour même où Tex lui avait souligné combien sa ressemblance avec Céleste était frappante ?

Et pourquoi le visage de Tex réveillait-il en elle un souvenir presque effacé impossible à replacer dans la trame du temps ?

Immobile et déconcerté, Tex attendait la réponse de Catherine.

— Les roses, là, articula-t-elle d'une voix mal assurée en montrant le vase du doigt.

Perplexe, il saisit les fleurs à pleines mains et les retira de leur contenant.

Impulsivement, Catherine se précipita vers lui et lui arracha des mains les fleurs épineuses.

— N'y touche pas ! cria-t-elle.

Des gouttes de sang s'échappaient maintenant des doigts lacérés de Tex et tombaient sur le tapis pâle.

— Oh ! je suis désolée, s'excusa-t-elle en allant chercher des mouchoirs de papier sur la table basse.

— Ah ! misère ! J'ai taché le tapis, dit-il, consterné.

— C'est ma faute, rétorqua Catherine. Je n'aurais pas dû faire ça.

— Mais pourquoi me les as-tu enlevées si brusquement ?

Hum ! Devait-elle le lui dire ?

— C'est que, euh… je pensais à celles de l'épisode de ce midi. Tu sais bien… celles qu'un mystérieux personnage laisse partout où va Céleste…

— Je n'ai pas vu ces épisodes, Catou. Explique-moi. Ces roses sont-elles dangereuses ?

— Apparemment.

Le sujet des roses lui devenait pénible. Elle n'avait plus le goût d'en parler.

— As-tu mal aux doigts ?

— Non, ça va.

En parlant, il regardait le tapis maculé de sang.

— Il faut nettoyer ça, observa-t-il. As-tu un chiffon et de l'eau froide ?

Mais le sang s'était incrusté dans les fibres laineuses. Récalcitrante, la tache refusait de partir. Un grand cerne rosâtre colorait maintenant le centre de la moquette.

— Quel désastre, se lamenta le garçon. Ta mère ne voudra sûrement plus que je mette les pieds ici.

— Elle sera probablement trop fatiguée pour s'en apercevoir. Laisse donc faire. Je vais comman-

der une pizza, puis nous regarderons *Rivière-Perdue*,
O.K. ?

— C'est vrai, j'avais presque oublié.

Après avoir téléphoné à la pizzeria, Catherine
alla jeter à la poubelle les roses fatidiques.

* * *

Comme convenu, les deux étudiants se régalè-
rent en regardant leur téléroman. Catherine était
heureuse de partager ces moments avec Tex malgré
les soupçons qui, plus tôt, avaient effleuré son
esprit. Elle omit cependant de lui dire qu'elle avait
vu la séquence avec Lise, à l'heure du dîner.

Cela lui faisait du bien de causer avec Tex et de
discuter des scénarios improbables du roman-savon
qu'ils aimaient. Jour après jour, l'auteur imaginait
tellement de revirements inattendus, de rebondisse-
ments imprévus, de méandres insoupçonnés qu'il
était fort difficile, voire impossible, de les transpo-
ser dans la réalité de sa vie personnelle. L'énigma-
tique personnage qui semblait s'acharner à cette
tâche se lasserait sûrement très bientôt et abandon-
nerait ce projet insensé. Du moins Catherine l'espé-
rait-elle…

Sauf que l'image inquiétante des fleurs écarlates
ne cessait de surgir sur l'écran intérieur de ses pensées, tel un Poltergeist végétal hallucinant…

Après le départ de Tex, Catherine eut soin de
fermer la porte à clé, de tirer le verrou et de mettre
la chaîne, au cas où…

Ainsi, à son arrivée chez elle, Mme Belmont dut attendre que sa fille vienne lui ouvrir la porte.

— C'est quoi, l'idée de la barricade, fit-elle en pénétrant dans la pièce.

Elle semblait morte de fatigue. S'affalant sur le sofa, elle retira ses chaussures.

— Y a-t-il un problème?

— Bah! Pas vraiment. C'est que Tex m'a fait promettre de…

— Tex?

Sa mère s'était levée, comme mue par un ressort. Son regard, devenu hagard, scrutait le salon dans ses moindres recoins.

— Qu'est-ce que c'est que ça? demanda-t-elle d'une voix rauque.

— Ah! ça? C'est juste un peu de sang, maman. Tu vois, Tex…

Abruptement, Mme Belmont enfouit dans ses mains son visage défait.

— Oh! non, murmura-t-elle. Non! non! non! Ce n'est pas possible. Ça recommence…

Chapitre 8

— Maman, qui y a-t-il?

Sa mère parut chanceler, en regardant fixement la tache rouge sur le tapis. Catherine ne l'avait jamais vue dans un tel état. Elle ne savait pas quoi faire : appeler quelqu'un, Ken, le vieux Albert, la police.

— Es-tu certaine qu'il s'agit de Tex? questionna-t-elle d'une voix rauque.

— Oui, maman, j'en suis certaine, Tex Casavant, le nouvel ami dont je t'ai parlé.

— Oh! oui, Tex Casavant, je me souviens maintenant. Que faisait-il ici?

— Il m'a reconduite à la maison. Nous sommes amis. L'an dernier, alors qu'il avait une jambe dans le plâtre, il regardait l'émission *Rivière-Perdue*.

Sa mère afficha un sourire timide et parut reprendre ses sens.

— Je suis bien contente que tu aies un nouvel ami, mais que va dire Ken en apprenant ça?

— Maman, Ken et moi sommes tout simplement des amis.

— Mais il t'aime beaucoup tu sais. Tâche de ne pas le blesser.

— Ne t'inquiète pas, maman, Ken est comme un frère pour moi.

La maman se leva et regarda de nouveau la tache rouge sur le tapis.

— Dis-moi, Catherine, d'où provenait ce sang?

Elle parut si fatiguée que Catherine n'osa lui raconter tous les événements étranges survenus au cours des derniers jours.

— Tex s'est blessé en saisissant la tige hérissée d'épines de la rose.

— Il t'a déjà apporté des roses, je vois.

— Veux-tu que je te prépare quelque chose à manger, maman? Tex et moi avons avalé de la pizza. Il en reste, si le cœur t'en dit.

— Merci, Catherine, j'ai déjà bouffé à la cafétéria. Peut-être devrais-je regarder *Rivière-Perdue*. Est-ce que j'ai manqué quelque chose d'important?

— Non, pas vraiment, fit Catherine qui ne voulait pas regarder l'épisode une seconde fois. Je préférerais regarder autre chose. Maman, pourquoi as-tu paru si bouleversée en voyant la tache de sang sur le tapis?

— Oh, c'est que… je ne sais trop comment l'expliquer au proprio. Tu sais comment il critique toujours, le vieux Albert. Elle se mit à bâiller. Ah! je crois que je vais aller me coucher.

— Autre chose, maman, pourquoi as-tu paru épouvantée en entendant le nom de Tex?

Sa mère hésita un instant, comme si elle ne savait pas quoi répondre.

— Je te l'ai déjà dit. J'ai connu un jeune homme du nom de Tex quand j'étais jeune. C'est tout.

Catherine laissa tomber l'interrogatoire, sachant fort bien qu'elle n'en apprendrait pas davantage de la bouche de sa mère. Mais pour elle, sa mère lui cachait quelque chose.

Le lendemain, après le cours de français, Catherine demeura surprise lorsque Barbie l'accosta.

— Catherine, tu sais, je n'ai aucune objection à ce que Tex aille te reconduire chez toi de temps à autre. Nouvellement arrivé ici, il se sent seul parfois et je suis heureuse de voir qu'il se fait de nouveaux amis.

Pour qui se prenait-elle, cette Barbie : la reine d'Angleterre accordant une faveur royale à une de ses sujettes ?

— Il n'est pas si seul que ça, répondit sèchement Catherine. Il s'occupe du journal et compte plusieurs amis.

Barbie acquiesça d'un mouvement de la tête. Elle regarda autour d'elle comme pour s'assurer que personne ne l'entendait.

— Oui, mais lorsque ses amis le connaîtront vraiment... tu sais, son «problème», je me sens comme responsable. Je le connais depuis mon enfance.

— Son problème ? De quoi parles-tu ?

Barbie fronça les sourcils.

— Tu veux dire qu'il ne t'en a pas encore parlé ?

— Le seul problème que je connaisse, c'est qu'il s'est brisé une jambe l'an dernier.

Barbie prit la main de Catherine en jetant un regard furtif autour d'elle.

— Vois-tu, Catherine, ce n'est pas sa fracture de la jambe qui l'a immobilisé à la maison, qui lui a permis de regarder des romans-savons pendant si longtemps.

Barbie se retourna vivement en voyant s'approcher un de ses amis.

S'approchant de l'oreille de Catherine, elle lui murmura :

— Ne dis pas à Tex ce que je t'ai raconté.

Catherine saisit le bras de Barbie.

— Reste encore une minute, Barbie, raconte-moi ce qu'est le « problème » de Tex.

— Demande-le-lui, Catherine, vraiment il ne devrait pas te garder dans l'ignorance.

Se dégageant de l'emprise de Catherine, Barbie prit le bras de Martin et s'éloigna.

Perplexe, Catherine demeura immobile. Barbie voulait-elle l'effrayer pour l'éloigner de Tex ? Éprouvait-elle un besoin honnête de la mettre sur ses gardes ? Barbie pouvait mentir à l'occasion, mais, d'un autre côté, Barbie connaissait Tex depuis sa naissance. Les deux familles étaient proches l'une de l'autre. Barbie était probablement intéressée au bien-être de Tex. Catherine retourna en classe, ne sachant quoi penser.

Le midi, elle attendait Lise lorsque Tex se précipita sur elle, la bouche fendue jusqu'aux oreilles.

— Hé! Catherine, allons à la boutique de M. André. Tu m'as redonné le goût de regarder *Rivière-Perdue*.

Lise s'amenait.

— Tu viens avec nous? lui dit Tex.

— Pas aujourd'hui, répondit Lise en faisant un clin d'œil à Catherine. Je dois aller à la bibliothèque pour me documenter. J'ai un mégaprojet en vue. Je te verrai après la classe.

— Nous ferions bien de nous hâter, dit Tex, je ne veux rien manquer.

Ils se butèrent à Ken à la sortie.

— En route vers le roman-savon? lança ce dernier.

— Oui, fit Tex, viens-tu avec nous?

— Non, pas aujourd'hui. Catherine, tu me le feras savoir s'il y a de nouvelles roses rouge sang.

— Allons-y, Tex, grommela Catherine.

Ce jour-là, l'épisode se révéla terrifiant.

Le Dr Weston installa Céleste dans sa très jolie chambre. En fermant les rideaux, il dit à Céleste:

— Je veux que tu dormes un peu. Je vais aller te chercher un chocolat chaud.

Céleste s'appuya sur les coussins.

— Merci, Carl, fit-elle, d'une voix ronronnante.

— Comment va-t-elle faire pour dormir avec tous ces coussins? questionna Tex en riant.

Catherine se mit à rire, en s'enfonçant dans le fauteuil que lui avait préparé M. André.

Son «problème», pensa Catherine. Et si c'était Barbie qui avait un problème?

Le Dr Weston sortit de la chambre et Céleste s'allongea dans le grand lit. Soudainement, la lampe sur la table de chevet s'éteignit, plongeant la chambre dans l'obscurité.

— Carl! Carl! cria Céleste.

Pas de réponse.

Une annonce d'antisudorifique apparut à l'écran.

— Maudite publicité, bougonna Catherine. Ils ont le don de nous couper ça lorsque ça commence à être intéressant.

Les personnages réapparurent à l'écran.

Céleste était toujours dans le noir. Elle appelait toujours sans succès le Dr Weston qui était parti il y avait un bon moment. Dans la noirceur, une porte s'ouvrit en laissant entendre un grincement.

— C'est bizarre, remarqua Tex, la porte ne grinçait pas lorsqu'ils sont entrés dans la chambre.

— Qui est là? lança Céleste, est-ce vous, Carl?

Pas de réponse.

— Des roses, fit Céleste, je sens des roses.

Dans un murmure, une voix doucereuse se fit entendre: «Bien sûr, des roses, C.B., pour tes funérailles.»

C'était la fin de l'épisode.

— Une fin pathétique qui nous tient en suspens jusqu'au prochain épisode, remarqua M. André.

Catherine ne s'était même pas rendu compte que M. André avait assisté à tout l'épisode, assis à ses côtés. Elle pensait à son retour à la maison, seule dans l'appartement.

— Que dirais-tu, Tex, de venir vérifier mon appartement après l'école, au cas où s'y trouveraient des roses?

— Bien sûr, même s'il y a longtemps que je n'ai terrassé un dragon.

— Alors, rends-toi chez moi après que j'aurai terminé mon entraînement avec mes deux compagnes majorettes.

Sur son chemin vers l'auditorium, elle croisa Ken qui lui offrit d'aller la reconduire à la maison.

— Non, merci, j'ai une séance d'entraînement.

— J'attendrai, alors.

— Pas la peine, j'apprécie ton offre, mais je ne veux pas te faire attendre.

— Tu as un nouveau chauffeur?

— Oui, fit-elle d'un signe de tête.

— Catherine, connais-tu bien Tex Casavant?

— Comment sais-tu que c'est lui qui va me reconduire?

— Oublie ça, fit-il. Je te téléphonerai ce soir.

La porte de l'auditorium était ouverte et Suzanne et Ève n'étaient pas encore là. Catherine traversa l'allée jusqu'à l'immense scène. Beaucoup trop grande, pensa-t-elle, pour trois majorettes. Elles auraient l'air de naines. Toute la compagnie de majorettes pourrait facilement y prendre place.

Catherine, debout au milieu de la scène, contemplait toutes ces rangées de chaises. Soudain, tous les réflecteurs s'éteignirent, la plongeant dans la noirceur. Terrifiée, elle cria :

— Hé ! allumez les lumières !

Peut-être était-ce un gardien qui avait coupé le courant ? Haletante, elle cria de nouveau.

— Allô ? Nous avons besoin de l'éclairage. Y a-t-il quelqu'un, là ?

Pas de réponse.

La scène de Céleste, inclinée sur ses oreillers, dans la noirceur, l'assaillit.

— Oh ! non ! murmura-t-elle.

À ce moment, elle sentit le doux parfum des roses.

Chapitre 9

Catherine hurla.

Une terreur irraisonnée s'était emparée d'elle et l'étreignait tout entière. Encore et encore, de toutes ses forces, elle fendit l'air de ses cris déchirants sans pouvoir s'arrêter.

Soudainement, un chuintement insolite submergea ses cris de détresse. Une voix chuchotante prononçait, dans le noir, des mots dont elle n'arrivait pas à saisir le sens… Des mots décousus, comme une incantation malfaisante… Elle ne percevait, en fait, que le sifflement rauque qui émanait des haut-parleurs, comme si quelqu'un parlait trop près d'un microphone ou… comme si un fantôme avait essayé de communiquer avec elle…

Tout à coup, le chuintement se métamorphosa en un râle qui, telle une brume astrale maléfique, emplit instantanément l'auditorium caverneux… Des quatre coins de la salle, un écho spectral répondait à cette voix d'outre-tombe, agaçant au passage les tympans de Catherine de sons duveteux…

Elle s'élança pour fuir.

— C.B., dit la voix, C.B., ne cours pas. Le précipice est là, devant toi, dans la noirceur.

Catherine s'arrêta net. Elle était sur la scène, incapable de voir jusqu'où elle pouvait avancer sans tomber sur le plancher de la salle.

— Qui êtes-vous ? cria-t-elle, pourquoi me poursuivez-vous ainsi ?

— Tu ne le sais pas ? reprit la voix.

— Non, je ne le sais pas.

Un rire sinistre se fit entendre, plus terrifiant que les paroles.

Catherine sentit ses genoux fléchir.

— Aimes-tu les roses, C.B., les roses rouge sang ?

Catherine tenta de s'orienter dans l'obscurité.

— Catherine, attention ! siffla la voix.

Elle fit un pas de côté, heurta un objet et ressentit une vive douleur à la jambe, en s'écrasant au plancher. D'une main, elle toucha l'objet. C'était une table placée sur la scène.

— De grâce, laissez-moi tranquille, implora-t-elle.

Seul le silence lui répondit.

À ce moment, elle entendit une porte s'ouvrir et un mince filet de lumière perça l'obscurité.

— Pourquoi la salle n'est-elle pas illuminée ? dit quelqu'un. C'est ici que nous devions nous rencontrer.

Catherine reconnut la voix d'Ève.

Suzanne enchaîna :

— Peut-être que Catherine a annulé la répétition… Qu'y avait-il d'écrit sur sa note ?

— Ève, Suzanne, au secours ! leur cria Catherine.

— Où es-tu ?

Les réflecteurs se rallumèrent. Catherine sauta de la scène et courut dans l'allée. Elle saisit le bras de Suzanne.

— Je suis un peu ébranlée, expliqua-t-elle. Quelqu'un a fermé les projecteurs et j'ai failli tomber de la scène.

Elle préférait ne pas leur raconter ce qui s'était passé. Ne disait-on pas à l'école qu'elle avait des hallucinations ?

— Sortons d'ici !

— Mais, Catherine, nous avons une répétition.

— Remettons ça à demain, répondit Catherine en se dirigeant vers la sortie.

— Hé ! Catherine, ta jambe saigne.

— Oui, j'ai heurté une table sur la scène. Dites donc, vous avez mentionné que je vous avais écrit un message. Qui vous l'a remis ?

— Mais, personne, reprit Suzanne, il était collé sur la porte de ma case.

— Que disait le message ?

— Allons, Cath, tu perds la mémoire, nota Ève.

— C'est que, voyez-vous, je n'ai jamais écrit ce message.

Ève et Suzanne se regardèrent.

— La note était dactylographiée, dit Ève. La voici :

Ève et Suzanne : un contretemps est survenu. Allez prendre un café et rencontrez-moi à 15 h 30 au lieu de 15 h. Catherine.

La note était mal dactylographiée, pas de marge, des ratures. Le responsable n'avait certainement pas suivi des cours de dactylo. Ou l'avait-il fait volontairement ?

— Puis-je garder cette note ? demanda Catherine.

— Bien sûr, dit Ève. Dis donc, Catherine, es-tu certaine que tu te sens bien ?

— Mais oui ! Mais si vous n'avez pas d'objection, je préférerais remettre l'entraînement à demain. Je m'en vais me reposer à la maison et soigner ma blessure.

En montant les marches de l'escalier chez elle, Catherine se souvint que Tex devait l'attendre à la sortie de l'école. Si elle l'avait rencontré à l'école, il l'aurait accompagnée chez elle.

Une pensée effleura son esprit : Tex était à l'école au moment où elle se trouvait à l'auditorium.

Était-ce sa voix qu'elle y avait entendue ? Qui d'autre savait qu'elle serait à cet endroit après la classe ?

À bien y penser, Ken le savait, ainsi que Lise, Suzanne, Ève et Barbie. Bref, tout le monde le savait, sauf peut-être le vieux Albert.

Au moment où elle déverrouillait la porte, la sonnerie du téléphone retentit. Allait-elle entendre de nouveau la voix du Dr Weston? Reprenant son souffle, elle décrocha le récepteur. C'était Tex.

— Catherine, dit-il d'une voix inquiète, es-tu O.K.?

— Oui, oui, Tex.

— Suzanne et Ève m'ont raconté que quelque chose semblait te bouleverser.

— Oui, ne put-elle s'empêcher de répondre.

— Ce quelque chose est-il en rapport avec le dernier épisode de *Rivière-Perdue*?

— Oui.

— Catherine, fit Tex avec autorité, verrouille ta porte, demeure chez toi. J'arrive dans quelques minutes. N'ouvre à personne.

Catherine regarda par la fenêtre. Elle vit Ken qui descendait de son auto, chez lui. Il n'était donc pas revenu à la maison immédiatement après l'école. Ken possédait beaucoup de gadgets électroniques. Il pouvait très bien être la voix d'outre-tombe qui avait résonné dans l'auditorium.

Effrayée, elle se dirigea vers la chambre de sa mère pour s'y cacher.

Un ordre parfait y régnait. Elle s'assit sur le bord du lit d'où elle put lire le titre du livre placé sur la table de chevet: «Le roman de la rose».

Elle aperçut une boîte à moitié cachée sous le lit. Elle l'ouvrit et aperçut un album de photos. Elle se mit à le feuilleter. Des choses lui revenaient à la mémoire. Elle se souvenait que, plus jeune, sa mère prenait plaisir à lui montrer des photos d'elle en compagnie de ses parents avant que son père ne trépasse. D'autres photos montraient sa mère aux côtés de ses amies avec des mentions comme : « Lucie et moi au bord du lac », « Lucie et moi endimanchées pour une promenade ».

Catherine tourna une autre page, ses yeux s'écarquillèrent de surprise : une photo de Tex surgie d'un passé défini lui souriait au présent.

Elle se sentit toute drôle. Un souvenir subit émergea d'un tiroir secret de sa mémoire : très jeune, elle regardait, seule, l'album, et s'était arrêtée à la page des photos de Tex. En la voyant, sa mère lui avait enlevé l'album des mains en lui disant que ce n'était pas pour elle. Puis, elle était montée sur une chaise pour placer l'album sur la plus haute tablette de sa garde-robe.

C'est sans doute ce que sa mère cherchait lorsqu'elle l'avait entendue fureter dans sa chambre l'autre nuit, après lui avoir appris que son nouvel ami se nommait Tex.

Son regard se fixa de nouveau sur les photos. C'était impossible… Tex n'était pas encore né lorsque sa mère était jeune.

Catherine tourna une autre page. Elle était remplie de photos de sa mère en compagnie de Tex, les deux au sommet d'une montagne, ou revenant à la maison après l'école, leurs sacs en bandoulière, tout comme elle-même et Tex l'autre jour.

Mais que faisait-il donc avec sa mère ? Ou son esprit s'était-il détraqué au point de confondre le passé, le présent et le futur ?

Un «gremlin» malicieux aurait-il installé chez elle un «ruban de Möbius» invisible, de sorte que, sans le savoir, elle se promenait dans le continuum espace-temps?

Elle allait tourner une autre page lorsqu'elle entendit des coups frappés à la porte. Paralysée par la peur, elle se recroquevilla dans le lit.

— Catherine, c'est moi, Tex.

Elle se boucha les oreilles, mais la voix de Tex lui parvint quand même.

— Catherine, c'est moi, ouvre-moi!

— Tu ne m'auras pas aussi facilement, Tex Casavant, murmura-t-elle.

Chapitre 10

Combien de temps Catherine demeura-t-elle ainsi, prostrée dans le lit? Que voulait Tex? Pourquoi sa photo était-elle dans l'album de sa mère? La frayeur empêchait littéralement Catherine de ramasser ses idées.

Tex continuait de tambouriner violemment à la porte en criant: Catherine, Catherine.

— Allez-vous cesser ce tapage? entendit-elle le vieux Albert crier.

Il y eut un moment de silence. Puis, Catherine entendit Tex qui descendait l'escalier. Enfin, il s'en allait.

Si le vieux Albert était près de moi, pensa-t-elle, je l'embrasserais sur sa vieille joue ridée pour m'avoir débarrassée de Tex. Il s'évanouirait de surprise.

Péniblement, Catherine se leva, le cœur battant encore rapidement. L'album était par terre, ouvert à la page des photos de Tex. Elle allait le ramasser lorsqu'elle entendit les pas de deux personnes dans l'escalier. Leurs voix, l'une anxieuse, l'autre ennuyée, lui parvenaient faiblement. Elle les reconnut : Tex revenait en compagnie du vieux Albert.

Le bruit des clés la fit comprendre que Tex avait convaincu le vieux Albert de lui ouvrir la porte parce que quelque chose était arrivé chez Catherine qui ne lui répondait pas.

À l'aide de sa clé passe-partout, Albert travaillait à déverrouiller la porte.

Catherine s'élança pour aller mettre la chaîne de sûreté en place. Trop tard ! la porte s'ouvrait.

— Catherine ! s'exclama Tex en la voyant. Pourquoi ne m'as-tu pas ouvert la porte ?

Elle devait ressembler à un oiseau blessé, tentant de s'envoler.

Il la saisit par le bras.

— Es-tu O.K. ? lui demanda-t-il, la voix brisée par l'inquiétude. J'ai pensé qu'il t'était arrivé quelque chose.

Le vieux Albert la dévisageait.

— J'espère que tu as une bonne raison d'avoir agi de la sorte. Ton ami était en train de fracasser la porte. Je ne tolérerai plus ces frasques… la balustrade, puis la porte, ça va faire !

— Je… Je… bégaya Catherine, sans pouvoir ajouter un mot.

Tex la regardait fixement.

— Catherine, que t'est-il arrivé ? Y a-t-il quelqu'un dans l'appartement ? Il se précipita vers la cuisine avant d'aller jeter un coup d'œil dans la chambre de Catherine, puis dans celle de sa mère.

Il réapparut, complètement abasourdi, tenant dans ses mains l'album ouvert à la page où apparaissaient ses photos.

— Qu'est-ce que c'est ça? dit-il d'un ton plus doucereux qu'agressif.

Albert étira le cou.

— Mais, c'est toi mon gars!

— Ben, voyons, ce n'est pas moi!

Catherine pointa du doigt le nom que sa mère avait écrit sous la photo: Tex!

Examinant de plus près la photo, Tex n'hésita pas.

— Ce n'est pas moi. Regardez la coupe de cheveux. Elle était populaire dans les années cinquante. Et ces deux grains de beauté, sur la joue et près de l'œil, les voyez-vous sur mon visage?

Catherine regarda de nouveau la photo.

— Tu aurais pu les faire enlever par un dermatologue?

Le vieux Albert, étonné, haussa les épaules.

— C'est du chinois, pour moi, fit-il. Mais je vous avertis. Si vous causez d'autres dommages à ma propriété, vous les paierez.

Il tourna les talons et disparut, laissant Catherine seule avec Tex.

Ce dernier, les sourcils froncés, examinait les photos attentivement.

— Ce doit être mon oncle, remarqua-t-il, maman a toujours dit que j'étais son sosie.

— Ton oncle? questionna Catherine. En es-tu certain?

Tex secoua la tête.

— Il est mort lorsqu'il avait à peu près mon âge. Mais à qui appartient donc cet album?

— À ma mère, répondit Catherine.

— Elle ne t'a jamais rien dit au sujet de ces photos?

— Non, je ne les ai jamais vues. Si, une fois, après avoir déménagé ici. J'étais en train de les regarder lorsque ma mère m'a enlevé l'album des mains pour ensuite le placer sur la tablette de sa garde-robe.

C'est pour cette raison que, lors de sa première rencontre avec Tex, Catherine aurait juré l'avoir déjà vu.

— Ta mère ne t'a jamais raconté ce qui lui était arrivé?

— Non, répondit Catherine en hésitant.

— Il a été assassiné!

— Assassiné? reprit Catherine, sentant ses jambes faiblir.

Les meurtres n'arrivent que dans les films ou les romans-savons. Et pourtant, tel avait été le sort de ce Tex que sa mère avait connu. Alors, pourquoi échapperait-elle à un tel destin tragique?

Des sanglots nouaient sa gorge. Elle se laissa tomber sur le sofa. Tex se précipita à ses côtés.

— Excuse-moi, Catherine, je ne voulais pas te bouleverser. Je n'aurais pas dû…

— Ne t'en fais pas, reprit Catherine essayant de maîtriser ses émotions, tôt ou tard, maman m'aurait tout raconté.

Elle prit un mouchoir de papier qu'elle porta à son nez.

— Tex, quelque chose d'étrange est arrivé aujourd'hui.

En le regardant droit dans les yeux, elle lui raconta les événements survenus à l'auditorium. La voix d'outre-tombe dans cette noirceur, la senteur des roses, exactement comme cela s'était passé, ce jour-là, au cours de l'épisode de *Rivière-Perdue*.

Tex se gratta le front.

— Le responsable ne pouvait avoir planifié son geste, remarqua-t-il. Il lui fallait avoir vu l'épisode d'aujourd'hui. Sachant que tu allais à l'auditorium, il a sauté sur l'occasion. Sais-tu qui était demeuré dans les alentours après le dernier cours ?

D'un air chagrin, elle leva la tête.

— Non, excepté toi. J'ai cru que tu aurais pu être le responsable. C'est pourquoi je ne t'ai pas ouvert la porte.

Tex la prit doucement dans ses bras et plaça sa tête contre son épaule. Tout en caressant sa chevelure, il la laissa pleurer tout son saoul. Lorsqu'il la sentit plus calme, il lui releva la tête et la regarda droit dans les yeux.

— Catou, tu dois me croire. Je ne suis pas le responsable, mais nous allons découvrir cet inquiétant personnage qui te veut du mal. Je te le jure.

Un sentiment de soulagement envahit Catherine. Enfin, quelqu'un la croyait. Ses doutes au sujet de Tex s'estompaient.

— J'éprouve la sensation de vivre un roman-savon, murmura-t-elle, c'est angoissant.

Il lui saisit la main.

— Bon, allons prendre l'air et une bouchée au restaurant. À notre retour, je resterai avec toi en attendant l'arrivée de ta mère. O.K., Catou?

Ce «Catou» lui réchauffa le cœur. Toute petite, c'est ainsi que son père l'appelait, avant qu'il ne parte pour le grand voyage.

— Je t'emmène au *Papyrus d'argent*, un restaurant égyptien unique en son genre. Les pharaons l'auraient sans doute fréquenté.

Tex n'avait pas menti. L'endroit était superbe.

Tout en dégustant les hors-d'œuvre, ils repassèrent les événements de la journée: l'épisode de *Rivière-Perdue*, puis ce qui s'était produit à l'auditorium. Tout cela semblait irréel, même à Catherine.

Tex lui lança un regard en coin. La croyait-il?

Soudain, Ken et Lise pénétrèrent dans le restaurant. Bizarre! songea Catherine. Ken était avant tout un amateur de hamburgers. Quant à Lise, elle détestait la cuisine exotique.

Lise scrutait la salle du regard. Apercevant son amie avec Tex, elle s'approcha de leur table, Ken sur les talons.

— Tiens, tiens, vous êtes là? dit-elle en feignant l'enthousiasme.

Ken se contenta de hocher la tête d'un air sombre en direction de Tex, et de lancer un coup d'œil à Catherine.

— On est en train d'étudier, Ken et moi, pour l'examen de biologie. On a pensé venir manger une bouchée, avant, fit Lise tout en lançant à Catherine des œillades significatives. Mais Catherine ne saisissait pas son message.

— Voulez-vous vous asseoir? demanda Tex avec courtoisie.

— Non merci. On doit plonger dans le fonctionnement du système nerveux et du cerveau, répondit Lise en lançant des yeux un message à sa copine.

Catherine fronça les sourcils. Elle ne comprenait rien au manège de Lise qui démissionna.

— Bon, ben. À bientôt. Bon appétit.

En partant avec Ken, Lise lança encore un regard d'avertissement à Catherine par-dessus son épaule.

Qu'essayait-elle de lui dire? Savait-elle quelque chose au sujet de Tex?

C'était la première fois que l'adolescente voyait sa meilleure amie en compagnie de son voisin. Cela l'intrigua. Comment avaient-ils bien pu savoir où les retrouver, elle et Tex?

Un petit microphone était-il caché chez elle? Ses copains pouvaient-ils avoir entendu Tex mentionner le nom du restaurant?

Elle chassa de son esprit cette idée saugrenue, et termina son repas en parlant d'autre chose avec Tex. Puis, ils prirent le chemin du retour. Catherine se sentait encore légèrement nerveuse à la pensée de se retrouver seule avec lui dans son auto, mais elle ne fit mine de rien en admirant les accessoires qu'il y avait ajoutés. Ainsi, il avait posé un volant en bois poli et adapté, et sur le pommeau de son levier de vitesse, une tête de chien en bois, sculptée à la main. L'accélérateur avait la forme d'un gros pied, avec des orteils.

— Très joli, apprécia-t-elle en caressant la tête de chien.

— J'ai fait ça pendant que j'… Il hésita. Euh… reprit-il, pendant ma convalescence.

Qu'avait-il voulu dire ?

— Et combien de temps cela a-t-il pris pour que ta jambe guérisse ?

— Beaucoup de temps, répondit-il en regardant droit devant lui. Beaucoup de temps.

Il ne lui parlerait sûrement pas de son «problème» ce soir.

* * *

Mme Belmont était chez elle à leur retour. Debout au centre du salon, elle avait en main l'album qu'ils avaient laissé sur le sofa.

— Qu'est-ce que ça signifie ? interrogea-t-elle sèchement.

— Maman, je n'ai pas fouillé, je te le jure. Je vais t'expliquer plus tard. Vois-tu, il y a une photo dedans qui nous intrigue, Tex et moi. Tu sais, celle qui lui ressemble tant ?

La jeune dame posa son regard sur eux pendant un long moment avant de répondre.

— Il s'appelait aussi Tex. Tex Joly. Tout le monde l'appelait T.J.

— Joly, c'est le nom de ma mère, s'exclama le jeune homme.

— Oui, ta mère est la sœur de ce Tex-là.

Elle abaissa son regard vers la photo.

— Ah! vous l'apprendrez bien un jour, je suppose...

Elle ouvrit l'album pendant qu'un voile de chagrin venait assombrir son visage.

— Nous voulions nous marier, lui et moi.

— Maman! s'écria Catherine. Tex m'a dit que son oncle Tex avait été assassiné...

Mme Belmont leva les yeux vers le visage de sa fille et plongea son regard attristé dans le sien.

— Oui, je le sais. J'ai été, en quelque sorte, responsable de sa mort...

Chapitre 11

Catherine n'en pouvait croire ses oreilles. Un extraterrestre serait entré dans la pièce à cet instant, qu'elle n'aurait pas été plus ébahie.

— Maman…

Mais sa mère se détourna pour essuyer une larme.

— Mme Belmont… fit Tex d'une voix hésitante.

Après une profonde inspiration, Mme Belmont reprit la parole.

— Quelqu'un d'autre s'est servi du revolver. Mais c'est *à cause* de moi que T.J. s'est fait tuer.

Elle vacilla quelque peu. Aussitôt, sa fille la fit asseoir sur le divan et prit place auprès d'elle.

— Raconte-nous ce qui s'est passé, maman.

— Pour commencer, expliqua Mme Belmont en posant son regard sur Tex, ta mère ne t'a jamais parlé de moi, n'est-ce pas?

C'était un énoncé plutôt qu'une question.

— En effet, acquiesça le jeune homme qui

s'était assis sur une chaise. Je sais seulement que mon oncle s'est fait descendre par Jos Simon.

Inspirant profondément, la mère de Catherine s'enquit:

— Ta mère sait-elle que j'habite ici, dans cette ville?

— Je l'ignore, madame Belmont. Elle ne m'a jamais parlé de vous.

L'ayant regardé pendant un court silence, elle reprit.

— Alors, tu n'as pas «arrangé» cette rencontre avec ma fille…

Tex eut un regard étonné. Puis, reprenant ses esprits:

— Je vous jure, répondit-il, que je sors avec Catou parce que je la trouve extraordinaire. Nous nous sommes rencontrés un midi, chez M. André, vous savez; ses amis et elle regardaient *Rivière-Perdue* à la télé.

— Que faisais-tu là à cette heure? questionna Mme Belmont.

— Oh! j'avais promis à Barbie de l'aider à choisir un lecteur de disques compacts. Voyez-vous, sa famille et la mienne sont amies et ça fait longtemps qu'on se connaît.

L'expression s'adoucit sur le visage de la jeune dame.

— Excuse-moi, Tex. Je ne voulais pas te faire un procès.

— Y a rien là, madame, dit Tex poliment.

— Une dernière question, mon garçon.

— Oui madame ?

— Cette Barbie… Le prénom de sa mère est-il Tessa ?

Elle avait soudain l'air mal à l'aise et tirait sur l'une de ses boucles d'oreilles en signe de nervosité.

— Ah ! non, répondit l'adolescent d'un ton perplexe. Elle s'appelle Louise.

Mme Belmont sembla respirer d'aise.

— Qui est Tessa ? interrogea Catherine.

— Oh ! une fille que j'ai connue, fit-elle en haussant les épaules.

— Euh… maman ?… Euh… comment est-ce arrivé ? Euh… je veux dire, comment est-il mort ?

— Ah ! répondit sa mère en s'appuyant sur les coussins du sofa. Moi qui croyais ne jamais plus devoir penser à ça… Mais je dois te le dire, je suppose…

Elle inspira profondément avant de poursuivre :

— Jos Simon et moi avons grandi ensemble. Puis, à l'adolescence, nous avons commencé à sortir tous les deux. Pour moi, il était plutôt un ami, un frère presque. Par contre, pour Jos, c'était sérieux. J'étais son amie de cœur, sa blonde, presque sa femme…

Elle s'arrêta, le regard perdu dans l'ombre du passé.

— Continue, maman, la pressa Catherine.

— C'est alors que j'ai rencontré Tex. T.J.

Silencieuse tout à coup, les paupières closes, elle semblait revivre ces instants jalousement gardés dans un recoin de son cœur, comme dans un jardin secret.

— Ce fut le coup de foudre entre lui et moi, confia-t-elle.

Les deux adolescents échangèrent un regard complice.

— Oui. Partout où nous allions, nous étions ensemble. Je n'avais plus de temps pour Jos. Au début, il parut s'en accommoder. Puis, il se mit à agir de façon étrange. Il campait devant ma maison... Il me surveillait sans arrêt... Il nous suivait, T.J. et moi... Ah! j'aurais donc dû réagir. Ah! si j'avais su... Peut-être aurais-je dû rompre avec T.J.?...

— C'est ça. Tu aurais laissé Jos ruiner ta vie? demanda Catherine. Cela n'aurait pas été très brillant.

— Au moins, soupira Mme Belmont, T.J. ne serait pas où il est, aujourd'hui. Il aurait eu une chance de vivre, de fonder un foyer...

Sa figure crispée trahissait le tourment de son âme.

Catherine l'entoura de ses bras et l'embrassa sur la joue.

— Arrête d'en parler, si tu veux. C'est trop difficile.

— Non. Je préfère te le dire.

Elle essuya son visage du revers de la main et enchaîna :

— T.J. et moi étions allés danser, un soir. Au retour, nous avons vu Jos au bord de la rue. Il nous épiait. Il nous suivit jusqu'à la maison, puis descendit de son auto et vint vers nous. Nous étions encore dans la voiture de T.J.

— Et c'est là qu'il a tiré? demanda Catherine.

— Non. Je lui ai dit de sortir de ma vie… Qu'il n'était pour moi qu'un bon ami… Que je n'étais pas sa blonde et que je ne voulais plus sortir avec lui. C'est à ce moment qu'il a braqué son revolver sur nous. Ah! oui! C'est de ma faute… Si je ne l'avais pas engueulé, peut-être n'aurait-il pas tiré sur T.J.…

Elle éclata en sanglots… Et tous trois restèrent silencieux pendant qu'au sablier du temps les secondes tombaient lourdes de souvenirs…

Mme Belmont réagit la première en prenant un mouchoir de papier pour essuyer ses pleurs et moucher son nez.

La voix encore tremblante, elle demanda à Tex s'il se plaisait à Granby, lui souhaita bonne chance dans ses études et sortit de la pièce en refermant la porte derrière elle.

— Catou, vas-tu raconter à ta mère ce qui s'est passé à l'auditorium?

— Non, fit Catherine en hochant la tête. Elle a assez d'ennuis comme ça. Je ne veux pas qu'elle se fasse en plus du souci pour moi.

— Mais tu vas lui en parler plus tard, hein?

Catherine garda le silence.

— Écoute, Catou. Demain, je vais aller visionner *Rivière-Perdue* chez M. André, pour découvrir quel scénario de terreur «on» pourrait imaginer pour te faire peur.

Catherine ne disait mot et s'interrogeait. Y aller, ou ne pas y aller? Avant qu'elle ait pu décider, Tex la rassura:

— Tu peux me faire confiance, Catou.

— O.K.

Après le départ de Tex, Catherine alla frapper à la porte de la chambre maternelle.

— Ça va, maman?

— Oui, répondit laconiquement Mme Belmont, qui n'invita pas sa fille à entrer.

— Bonne nuit, maman. Je t'aime.

— Moi aussi, mon trésor, bonne nuit.

La sonnerie du téléphone retentit. C'était Lise.

— Allô, Cath? Tex est-il parti?

— Oui. Pourquoi?

— Ben, tu le sais…

Sans savoir pourquoi, Catherine sentait des nœuds se former dans sa poitrine. Une petite nausée insidieuse commençait à lui monter jusque dans la gorge.

— Non, je ne le sais pas, dit-elle d'une voix presque éteinte. Raconte.

— Euh… Barbie m'a dit qu'elle t'avait mise au courant, au sujet de Tex…

À l'autre bout du fil, la voix de Lise prit tout à coup un accent d'alarme:

— Tu fais mieux de le surveiller de près !

Figée, Catherine ne pouvait articuler un seul mot.

— Cath, susurra la voix de son interlocutrice, fais attention. Tex Casavant est dans le club de la camisole de force… Il a le cerveau fêlé !…

Chapitre 12

— Lise ! fit Catherine d'une voix étranglée, comment peux-tu dire une chose pareille ?

— C'est vrai. Je te le jure. Je suis désolée, Cath. Mais Barbie me l'a dit. Et elle sait de quoi elle parle.

Catherine essayait de rassembler ses esprits.

— Depuis quand es-tu dans les confidences de Barbie ?

— Je ne le suis pas. Mais, étant donné que je suis ton amie, elle m'a mise au courant. Elle s'inquiète au sujet de Tex et de toi.

— Tiens, tiens… Mais as-tu pensé qu'elle cherche seulement à m'effrayer pour m'éloigner de lui ?

— Demande donc à Tex de te dire la vérité. Le jour où nous l'avons rencontré chez M. André, il a mentionné une blessure à une jambe qui l'aurait immobilisé quelques mois. T'en souviens-tu ?

— Oui.

— Mais il y a autre chose.

— C'était un accident de patins à roulettes.

— Je le savais.

— Oui, mais savais-tu qu'il était entré en collision avec un concurrent et que ce garçon a été grièvement blessé? En fait, il est paralysé maintenant, à cause de Tex. D'une façon permanente, à part ça. C'est pour ça que Tex est devenu fou. Sa jambe est guérie, mais pour ce qui est de son cerveau… Toujours est-il que depuis ce temps-là, il fait des choses bizarres.

— Quelles sortes de choses bizarres?

— Barbie m'a dit qu'il dessine des pierres tombales et y inscrit en épitaphe le nom de personnes de son entourage. Et ce n'est pas tout. Il paraît qu'il s'amuse à rôder et à effrayer les gens. Enfin, bref, demande-le-lui. Ah! et puis non! Tiens ça mort. On ne peut prévoir sa réaction.

— Voyons, Lise. Il n'est pas dangereux…

La voix de Catherine tremblait sans qu'elle le veuille.

Des instants de lourd silence s'écoulèrent avant que Lise ne reprenne la conversation.

— Écoute, Cath. Je m'excuse de t'avoir annoncé la nouvelle aussi brutalement. Je croyais que tu le savais… Et puis, je me faisais du mauvais sang pour toi.

— C'est donc pour ça que Ken et toi vous nous avez suivis au restaurant?

— Bingo!

— Mais comment avez-vous su où nous allions?

— Ken le savait. Il te surveille, tu sais.

Puis, changeant de ton, elle ajouta tout de go :

— Bon, ben, salut. Verrouille ta porte. Ta mère est sûrement rentrée, maintenant. Alors, va dormir. On se verra demain.

Accablée par tout ce qu'elle venait d'entendre, Catherine alla s'asseoir pour mettre de l'ordre dans les idées qui déferlaient dans sa tête à la façon des lames de la mer, agitées par le souffle démentiel d'un orage infernal.

Insensé. C'était insensé. Voyons donc. Si Tex avait été dangereux, elle s'en serait aperçue, non ? À moins, bien sûr, qu'il ne soit nul autre que le sinistre chuchoteur de l'auditorium…

Soudain, elle perçut un bruit étrange. Était-elle le jouet de son imagination devenue délirante après les émotions des derniers jours ?

Elle bondit sur ses pieds, l'oreille et l'œil aux aguets, comme une biche aux abois.

Dehors, dans la nuit, les criquets donnaient un concert sous l'œil des étoiles… Une voiture passa, rapide comme un fauve en chasse…

Insolite, le bruit se répéta. On eut dit le bruit de gouttes d'eau s'écrasant sur le rebord de bois d'une fenêtre. Mais il ne pleuvait pas. Rêvait-elle tout éveillée ? Tap, tap, tap…

Cette fois, le son, plus insistant, venait de la porte. TAP, TAP, TAP…

— Cath, murmurait la voix dans l'obscurité. Cath, ouvre-moi…

Dans sa poitrine oppressée, le cœur de Catherine

se mit à battre violemment. Le marmonneur débile était-il là, prêt à l'expédier au-delà du réel?

— Cath! plaida une voix masculine. Ça va? Ouvre-moi.

C'était Ken.

Soulagée, Catherine s'empressa de lui ouvrir.

— Ken! s'exclama-t-elle en se demandant quelle serait sa réaction si elle se jetait à son cou.

— J'étais sur le point d'enfoncer la porte, déclara-t-il en pénétrant dans la maison.

— Pourquoi? fit-elle, interloquée.

— Eh bien, j'ai vu l'auto de Tex stationnée devant chez toi pendant un bon bout de temps.

Catherine sentit soudain ses jambes se dérober sous elle. D'un mouvement de tête, elle lui fit signe de prendre place sur le sofa.

— Alors, pour Tex, tu sais?

— Oui, Lise me l'a dit. Mais ne t'en fais pas. Je te surveille de ma fenêtre, je peux observer tous tes mouvements, tu sais.

En un éclair, les paroles de sa mère s'allumèrent en lettres de feu dans sa mémoire:

«Il me couvait du regard», avait-elle avoué à sa fille, à propos de Jos Simon. «Il me surveillait sans arrêt.»

Le cœur battant, Catherine supplia Ken de cesser sa surveillance. N'y comprenant rien, Ken lui dit:

— Veux-tu que je m'en aille?

Elle répondit par l'affirmative, lui souhaita une bonne nuit et lui assura qu'elle le reverrait le matin venu. Ah! songeait-elle, que vienne le matin pour que retraitent les ombres et les fantômes!

Il la quitta donc, non sans l'avoir rassurée en lui disant qu'il veillerait sans relâche sur elle.

— Comme ton ange gardien, avait-il paraphrasé. Ça me fait plaisir, avait-il ajouté, les yeux brillants.

Dès qu'il eut franchi le seuil de la porte, Catherine se hâta de fermer les rideaux de la fenêtre, qui donnait sur celles de Ken. L'idée même qu'il puisse ainsi espionner ses faits et gestes lui était odieuse. Se prenait-il pour Columbo ou quoi?

Au fait, s'interrogea-t-elle, comment avait-il pu la suivre au restaurant égyptien?

Fébrilement, elle se mit à la recherche d'un microphone. Elle inspecta la table, le petit meuble où le téléphone était posé, l'abat-jour, les cadres… Rien!…

Mais pourquoi considérait-elle son voisin comme suspect? N'était-il pas son ami?

Il était vrai que Jos Simon avait aussi été l'ami de sa mère, dans le passé…

* * *

Impossible de fermer l'œil.

Quand, finalement, elle réussit à s'endormir, son sommeil fut troublé par des cauchemars. Barbie était là. Puis, Ken… Tout à coup, sans crier gare, elle se retrouva au volant d'une voiture inconnue qui tombait dans un abîme… Elle s'éveilla en hurlant d'effroi.

Impossible maintenant de retrouver le sommeil. Elle n'osait même pas fermer ses paupières alourdies par le stress et la fatigue.

L'aurore aux doigts de rose vint pourtant repousser les voiles de la nuit. Elle sombra enfin dans les bras de Morphée...

Elle s'éveilla, une couple d'heures plus tard, brisée de fatigue. Automatiquement, elle sélectionna, dans sa garde-robe, des vêtements semblables à ceux que portait Céleste au temps où elle sortait avec Denis Rancourt.

Lise l'attendait dans l'entrée.

— Salut, fit-elle. Misère! as-tu passé la nuit sur la corde à linge?

Catherine se contenta d'acquiescer d'un signe de tête. Dans son for intérieur, une idée venait de germer: si elle pouvait trouver qui avait accès à la clé de l'auditorium, la clé de l'énigme était à sa portée. Mais elle n'en souffla mot à Lise. Était-ce par intuition?

Elle se rendit donc au bureau du directeur de l'école pour se renseigner. Étrangement, la secrétaire ne put trouver la liste requise. Elle avait disparu du babillard, comme par enchantement.

Heureusement, le directeur, M. Drucker, put lui fournir les renseignements désirés.

— Ceux qui ont la clé des installations techniques de l'auditorium sont: Yan Brochu, Karine Houle, Bernard Colbert et ce nouvel étudiant, là. L'as-tu rencontré? Il s'appelle Tex Casavant.

Chapitre 13

Non ! Nooon ! songea Catherine en retenant avec difficulté le geste de porter ses mains à ses oreilles. Elle ne voulait pas entendre ça. C'était trop abominable. Elle en avait par-dessus la tête qu'on joue au yo-yo avec ses sentiments. En Tex, elle avait mis son espoir, sa confiance et toutes ses complaisances. Et voilà que soudain, elle apprenait qu'il avait peut-être un visage à deux faces. Elle en ressentit une grande souffrance.

La secrétaire du directeur crut que la jeune fille allait s'évanouir. Elle était pâle comme neige. Elle lui conseilla de s'asseoir, mais Catherine refusa.

— Ça va. Je suis O.K., fit-elle. Êtes-vous certaine que M. Drucker a mentionné le nom de Tex Casavant. N'auriez-vous pas pu vous tromper ?

— Non, Catherine. Son nom est resté gravé dans ma mémoire parce qu'il est nouveau, ici.

Catherine n'arrivait plus à penser. Elle voyait dans sa tête l'image du beau jeune homme aux yeux couleur d'aurore qui, la veille encore, lui demandait de lui accorder sa confiance !…

Serrant ses livres contre son cœur, elle se mit à courir dans le corridor désert, passé l'auditorium et l'armoire vitrée des trophées. Du coin de l'œil, elle vit son reflet dans le miroir derrière les trophées. On eut juré que c'était Céleste qui s'enfuyait dans le corridor; Céleste, mince, petite et portant une courte chevelure sombre.

Elle continua sa course, en passant devant les rangées de cases décorées de graffiti et tourna un coin pour se diriger vers l'une des portes arrière de l'école. Elle caressa l'idée de s'en aller chez elle et de tout raconter à sa mère qui ne quittait la maison qu'après midi. Elle la conseillerait et tout rentrerait dans l'ordre.

Puis, elle se ravisa. Au cas où Tex l'attendrait dehors, près de la maison... Et puis, il y avait Ken qui n'arrêtait pas de la surveiller; serait-il là, aussi, à épier son retour?

Ou, sait-on jamais, le docteur Carl Weston?

La fiction et la réalité entremêlaient leurs trames. Son esprit avait-il pris une tangente parallèle à la réalité pour atterrir dans un autre monde? Un monde comme celui d'Alice au Pays des Merveilles, par exemple?

Haletante, elle fit volte-face pour retourner au bureau du directeur, mais se heurta de plein fouet à Tex.

Sous le choc de la collision, un objet alla s'écraser sur le parquet de terrazzo avec un bruit métallique. Un couteau, peut-être?...

Elle abaissa son regard qui rencontra un trousseau de clés, celui de Tex! Elle en perdit le souffle et ne put articuler un seul son.

— Catou! s'exclama l'étudiant, je te cherchais.

Il tendit ses mains vers elle dans un geste d'amitié et l'attrapa par les épaules.

— Hé! tu trembles! Pourquoi?

Mais elle s'éloigna de lui à reculons, serrant comme un bouclier ses livres sur sa poitrine.

— N'avance pas! lui enjoignit-elle. Ne me touche pas.

Il s'empressa de ramener ses mains près de lui.

— Que s'est-il passé, Catou? s'enquit-il en regardant de droite à gauche à la recherche d'une réponse.

Catherine continuait de reculer.

— Je sais que tu possèdes une des clés de la régie sonore de l'auditorium, Tex Casavant. C'est donc toi, le marmonneur qui m'a fait si peur.

Elle entendait sa propre voix comme en écho et sa vision devint trouble, un peu comme lorsqu'on s'éveille d'une anesthésie. Elle s'arrêta, prête à fuir si Tex faisait vers elle le moindre geste.

Mais il ne broncha pas d'un poil. Et garda le silence pendant trente secondes. Puis, d'une voix pleine de douceur:

— C'est ça que tu crois, Catou? Pourquoi pas Bernard, Yan ou Karine? Ils ont chacun une clé, eux aussi.

— Parce que tu étais ici, après les cours, hier, laissa-t-elle échapper d'une voix incertaine. Tu savais que je devais venir ici avec Ève et Suzanne!

Tex ne dit mot.

Que pensait-il ? Il ramassa ses clés et la regarda d'un air malheureux.

— Catou, reprit-il doucement, je suis allé dans ta classe. Lise m'a dit que tu étais allée au bureau. Alors, j'y suis allé aussi. Je voulais te demander de venir avec moi, dans la salle de régie sonore, pour tenter de recueillir des indices qui nous permettraient de découvrir le malicieux personnage qui s'y est caché hier.

— Est-ce vraiment pour ça que tu voulais me voir ?

Catherine essuya son visage du revers de la main, comme pour en chasser ce sentiment indéfinissable d'irréel qu'elle ressentait. C'était comme si elle se voyait rêver…

— Mais oui, Catou. C'est vraiment pour ça. Si tu as peur de moi, eh bien, prends ma clé et vas-y toute seule.

Ce disant, il sortit l'anneau qui retenait ses clés et les repassa une à une. Puis, il recommença.

— Catou, dit-il d'une voix étranglée, la clé n'y est plus.

Mais à quoi donc jouait-il ?

— Cet anneau est solide, ajouta-t-il. Regarde. *Quelqu'un* doit l'avoir subtilisée…

Il avait l'air tellement dépité que les doutes de Catherine à son sujet commençaient à s'estomper.

— Qui pourrait l'avoir prise ?

— Je ne sais pas, avoua Tex.

Catherine éprouvait toujours cette sensation d'évoluer dans un monde parallèle, de l'autre côté du miroir, à la merci d'une caméra invisible et malicieuse.

Elle voulut s'enfuir et fit quelques pas en direction du bureau, mais déjà Tex était sur ses talons.

— Catou, attends une minute! Je viens de me rappeler quelque chose. Hier, le professeur d'électronique m'a envoyé... heu!... c'est-à-dire... il a demandé à quelques-uns d'entre nous d'aller faire une course en ville. Nous avons pris mon auto pour y aller et elle... euh... l'autre personne, je veux dire... euh... écoutait une chanson à la radio. Comme elle voulait entendre la fin de la chanson *La Vie en rose*, je crois, j'ai laissé mes clés sur le démarreur, pendant que je suis allé au magasin. Elle est venue me rejoindre, peu après.

— Elle? Qui ça, elle? Dis-le-moi, Tex; c'est important.

— Ben... Euh... c'était Barbie, balbutia-t-il.

Catherine frissonna, tout à coup.

Barbie! Mais oui! Elle n'aimait pas Catherine. Et puis, maintenant que Tex lui faisait les yeux doux, elle devait la détester encore plus.

Barbie suivait le même cours d'électronique que Tex et Ken. Donc, elle aurait pu aisément faire le montage de la cassette fatidique.

— Allons voir dans quel cours elle est pendant cette période. On va lui demander si elle a la clé.

Ils allèrent s'informer au bureau du directeur de

niveau où la secrétaire leur apprit que Barbie était absente ce jour-là.

— Penses-tu que je devrais rapporter la perte de ma clé ?

— Attends un peu. Voyons si nous pouvons rejoindre Barbie, d'abord.

Mais Catherine doutait que Miss Nombril-du-Monde admette quoi que ce soit. De son côté, Tex essayait de la joindre chez elle au téléphone. Pas de réponse, comme de raison.

— Je vais me rendre chez elle après les cours, dit-il d'un air troublé. En attendant, on est aussi bien d'aller à nos cours.

Ce qu'ils firent, Catherine réfléchissant que sa sécurité n'était pas plus menacée à l'école qu'ailleurs. Pour ce qui était de *Rivière-Perdue*, elle n'avait pas le cœur à regarder l'émission du jour. Même qu'elle n'avait pas programmé son vidéo ce matin-là pour l'enregistrer. C'est pourquoi elle refusa d'accompagner Tex, durant l'heure de lunch, pour regarder l'épisode chez M. André. Peu après, elle avisa Lise de sa décision.

— Je n'ai pas le goût, aujourd'hui, dit-elle simplement.

La vérité était qu'elle craignait de se glisser dans la peau de Céleste. Céleste dont la vie était en danger.

— Est-ce à cause de l'auditorium ? s'enquit Lise.

Catherine hocha affirmativement la tête.

— Eh bien, Cath, si tu es réellement convaincue

qu'ON s'inspire de ta télésérie pour te régler ton compte, je pense que tu devrais te préparer en conséquence.

— Vas-y, toi. S'il se passe quelque chose, tu me le feras savoir.

— O.K.

Lise y alla et arriva en retard au cours de français. Sur la pointe des pieds, elle vint s'asseoir derrière son amie.

— Cath, chuchota-t-elle, tu ne croiras jamais ce qui est arrivé.

— Lise, gronda Mme Séguin, il y a bien assez que tu déranges toute la classe, sans cacasser avec ta voisine par-dessus le marché. Tu sauras, ma petite fille, qu'on apprend plus à écouter qu'à parler !

Pendant que Mme Séguin était occupée à écrire un poème au tableau, Lise glissa prestement dans la main de Catherine une note qu'elle avait griffonnée à la hâte, en grosses lettres majuscules.

CÉLESTE A ÉTÉ ENLEVÉE. QUELQU'UN A PÉNÉTRÉ DANS SA CHAMBRE PENDANT QU'ELLE DORMAIT ET LUI A MIS UNE HOUSSE NOIRE SUR LA TÊTE. PUIS IL L'A JETÉE DANS UNE AUTO. JE NE SAIS PAS QUI C'EST. LE PERSONNAGE PORTAIT UNE ROBE DE MOINE AVEC UNE CAGOULE.

Encore ce cagoulard de malheur ! Eh bien, il ne

fallait pas être grand sorcier pour deviner où Barbie était ce jour-là. Sûrement en train d'acheter un long manteau noir avec un capuchon.

Cette pensée la galvanisa. Comme mue par un ressort, elle se leva d'un bond, en éparpillant ses livres sur le plancher et sortit de la classe en courant.

— Tiens, sa lubie téléromanesque la reprend, nargua quelqu'un.

Des pas résonnèrent derrière elle dans le corridor, mais elle avait une bonne avance. Elle continua sa course effrénée jusqu'au parc municipal, où elle se cacha de buisson en buisson pour s'assurer que personne ne l'avait suivie.

Elle se blâmait d'être si déraisonnable, mais elle ne pouvait faire autrement. Il ne lui fallait qu'une chose : la sécurité de sa maison. La porte en était fermée à clef. Fouillant dans son sac, elle en extirpa la clé, puis hésita.

Elle craignait d'entrer. Ah! si seulement Ken, Tex ou Lise étaient là… Elle entra tout de même, fouillant la pénombre du regard. Aucune rose rouge, aucun cagoulard en vue. Elle se détendit et referma la porte à clé.

Traversant le salon à la hâte, elle pénétra directement dans la chambre de sa mère. Cela la réconfortait d'être là, parmi les objets familiers qui avaient meublé son enfance. L'album de photos était sur le lit. Elle le prit et le feuilleta pour chasser son trouble.

Tout à coup, le bruit de moteur d'une auto, qui

tournait dans son entrée, la fit sursauter. Elle courut à la fenêtre du salon pour identifier le véhicule, mais il était trop près de la maison. Elle ne voyait que le pare-chocs arrière.

Avec circonspection, elle alla à la porte qu'elle entrouvrit d'une fente à peine. Personne n'était en vue. Elle ouvrit la porte davantage, poussa la porte-moustiquaire et fit un pas sur le balconnet pour voir qui était dans l'entrée.

Soudain, sans crier gare, quelqu'un repoussa brutalement la porte-moustiquaire sur elle et la fit tomber. Il avait dû se camoufler derrière le pin écossais en pot qui occupait un coin du balcon.

Catherine eut tout juste le temps d'apercevoir une silhouette drapée d'une sorte de burnous sombre.

Chapitre 14

Catherine se débattait pour essayer de se libérer de l'espèce d'étoffe dont on l'avait enveloppée et qui lui descendait presque jusqu'aux genoux. Mais des bras robustes l'avaient encerclée et la retenaient prisonnière. Impossible pour elle de crier au secours, car l'un des bras du ravisseur pressait l'étoffe contre sa bouche si bien qu'elle pouvait à peine respirer.

En désespoir de cause, elle fit claquer ses talons sur le palier en souhaitant que le vieux Albert sorte en trombe de chez lui et se mette à gueuler.

Mais personne ne vint.

— Inutile, Catherine, murmura une voix dans son oreille. Personne ne peut t'entendre.

La voix était feutrée, tout comme celle qu'avaient diffusée les haut-parleurs, dans l'auditorium. Mais était-ce bien la même ?

Catherine aurait voulu hurler et demander à son ravisseur la raison de son geste. Que lui avait-elle donc fait ? Pourquoi lui voulait-il tant de mal ? Et, surtout, quelle était son identité ?

Mais, captive des bras qui la maintenaient avec force, elle était impuissante. On la traînait maintenant dans les marches de l'escalier.

Enfouie comme elle l'était dans le sac oppressant, à peine pouvait-elle respirer. Son pauvre cœur affolé s'arrêta presque de battre, puis, violemment, se mit à cogner dans sa poitrine comme les pistons d'un moteur emballé. Le vieux Albert devait sûrement l'entendre. Ah! pourquoi ne sortait-il pas? Pour une fois qu'elle avait besoin de ce vieux bougonneux, il brillait par son absence.

En proie à une terreur folle, Catherine arrivait tout juste à faire fonctionner les petites cellules grises de sa machine à penser. Puis, elle se rappela d'un seul coup la note que Lise lui avait écrite en lettres majuscules, pendant le cours, au sujet de l'épisode du jour: le personnage encapuchonné au long manteau avait enlevé Céleste et s'éloignait à toute vitesse avec son otage, à bord d'une voiture. Tout comme l'héroïne de son téléroman, Catherine ignorait qui était l'auteur de son propre rapt.

Était-ce le marmonneur? Et si oui, suivait-il exactement le roman-savon? Et comment saurait-il quoi faire, une fois qu'ils seraient arrivés à destination? Connaissait-il d'avance le contenu de l'émission prévue pour le lendemain? Autant de questions sans réponses.

Au pied de l'escalier, Catherine fut poussée sans ménagement à l'intérieur d'un véhicule. Le marmonneur avait dû laisser la portière ouverte pour ne pas devoir lâcher sa proie, au moment de l'embarquer.

Sitôt qu'elle fut à l'intérieur de la bagnole, Catherine fut immobilisée par une corde solide qui l'empêchait de bouger les bras.

Le ravisseur retira le bras qui l'avait empêchée d'appeler au secours sur le balcon. Catherine hurla du mieux qu'elle pouvait, sous l'espèce de couverture qu'on lui avait mise sur la tête. Immédiatement, le ravisseur étouffa ses cris de son bras.

— Ne crie surtout pas, murmura-t-il. Cela pourrait t'être FATAL.

À moitié morte de peur, Catherine se tut. De toute façon, il ne semblait pas y avoir âme qui vive aux alentours… Le marmonneur referma la portière sans rien ajouter.

La position de Catherine était très inconfortable, car elle était à moitié couchée sur le siège avant du passager. Après de gros efforts, à cause des cordages qui entravaient ses bras, elle réussit enfin à s'asseoir plus droite. C'était mieux. Mais elle manquait d'air, sous les plis épais de l'espèce de housse qui enveloppait sa tête et son corps.

Le marmonneur prit bientôt place derrière le volant. Catherine avait l'impression que les ressorts de l'auto se tendaient et grinçaient sous la masse du ravisseur.

Ah! coquin de sort! Le vieux Albert était sûrement parti faire ses courses journalières. Ah! pourquoi n'était-il pas là, pour une fois qu'elle avait besoin de lui? Et s'il était le marmonneur? Catherine chassa cette idée saugrenue.

Elle commençait à manquer d'oxygène. Tant la terreur que le gros sac l'empêchaient de respirer.

— Je manque d'air, implora-t-elle en haletant.

Le marmonneur se contenta d'émettre une sorte de petit gloussement sadique. Puis, s'appuyant sur elle, il ouvrit la boîte à gants. Terrorisée, Catherine retenait son souffle. Ensuite, elle sentit la main de son ravisseur effleurer son visage… Le bruit des ciseaux mordant une étoffe parvint à ses oreilles suivi d'un filet d'air frais. Le marmonneur ne voulait pas qu'elle meure asphyxiée. Pas encore du moins…

Le véhicule démarra et tourna vers la gauche, pour autant que Catherine ait pu juger. Ce n'était pas la direction de l'école. C'était la direction opposée. Vers quelle destination inconnue cette folle équipée la conduisait-elle?

Catherine crut s'évanouir. Sa tête tournait et son estomac protestait, tout comme les pneus de la voiture qui gémissaient à chaque coin de rue et criaient à chaque arrêt brutal. Il n'y avait au monde qu'une seule personne pour conduire aussi cavalièrement: Ken.

— Ken?

Aucune réponse. Elle se serait adressée à un mur que c'eût été pareil. La situation lui semblait irréelle. Cette histoire se déroulait-elle vraiment ou avait-elle dérapé dans une vie fictive, imaginaire?

Si sa tête n'avait peut-être pas chaviré, son estomac, oui !

— Ooooh ! Je suis malade. Je vais vomir.

— C'est ton problème, rétorqua le marmonneur d'une voix rauque et désagréable.

Catherine essaya de concentrer sa pensée sur autre chose pour calmer ses haut-le-cœur… Le son du moteur, par exemple. Elle prêta l'oreille aux mouvements des pistons, des freins et autres pièces mécaniques. Était-ce l'auto de Ken ? Celle de Barbie ? Celle de Tex ? Mais elle fut incapable de décoder les sons qu'elle entendait.

Si, au moins, elle connaissait le personnage qui l'avait enlevée. Cela pourrait lui être utile pour plaider sa cause… Hum ! il était plus grand et plus gros qu'elle. Ça, c'était sûr. Pas une fille, alors ! Ce ne pouvait donc être Barbie. Restait Ken… Et Tex…

Ah ! oui ! l'orifice qui lui permettait de respirer. Peut-être pourrait-elle s'en servir pour reconnaître le marmonneur ? Mais le trou était près de son nez. Cependant, lorsqu'elle regardait vers le bas, elle pouvait apercevoir de la lumière. En bougeant sa tête vers le haut, pourrait-elle voir les traits du marmonneur ?

Elle essaya. Mais elle eut beau se tourner la tête dans tous les sens, rien n'y fit. Tout ce qu'elle put réussir à entrapercevoir fut une sorte de manteau ou d'habit de moine bleu marine. En tout cas, un vêtement épais et rembourré. Comme un manteau d'hiver. Elle éprouva une mince consolation en songeant que le marmonneur devait lui aussi être mal à son aise.

Ken ne possédait pas de manteau d'hiver bleu, du moins pas avec un capuchon... à ce qu'elle sache !

Du coup, son cœur se remit à battre follement à la pensée du personnage masqué de *Rivière-Perdue*... Le personnage qui menaçait Céleste... Celui qui voulait l'envoyer manger des pissenlits par la racine... Celui qui laissait des roses couleur de sang sur son passage...

Qui avait enlevé Céleste ?

Et qui l'avait kidnappée, *elle* ?

Les souliers ! Les souliers du ravisseur lui fourniraient peut-être un indice... Hélas ! impossible d'en voir même la couleur, cachés qu'ils étaient par le long vêtement sombre.

Les bras de Catherine la faisaient souffrir. Les cordes, trop serrées, entravaient la circulation de son sang. Des picotements douloureux se faisaient sentir dans ses doigts.

Elle se mit à bouger sur son siège comme un ver à chou pour tenter de soulager la pression.

— Reste tranquille, ordonna le marmonneur, sinon, je vais resserrer les cordes.

Subjuguée, Catherine s'appuya contre le dossier de la banquette. Elle ne voulait certes pas ajouter à son inconfort.

Mais elle s'était tant et si bien tortillée qu'elle pouvait maintenant apercevoir le levier de commande des vitesses de l'auto dans son étroit champ de vision.

Le levier de commande des vitesses !

Immédiatement, le volant de bois et la tête de chien sculptée qui ornait le pommeau du levier des vitesses, dans l'auto de Tex, lui revinrent en mémoire.

Oh ! non ! c'était épouvantable ! De réaliser que Tex était le marmonneur lui causa un choc. Tex, en qui elle avait mis sa confiance… Tex qui, selon Lise, avait le cerveau fêlé…

Le casse-tête commençait à prendre forme. Oui, c'était ça. Tex vengeait la mort de son oncle T.J. C'était une vendetta. Sa mère, Mme Casavant, avait dû lui en parler souvent… Une phrase de son professeur de français s'alluma tout à coup dans sa mémoire : « … va, cours, vole et nous venge… ».

Elle se sentit défaillir, souhaita tomber dans le néant, mais resta consciente.

— Tex, l'implora-t-elle. Où m'emmènes-tu ?

Seul un gloussement lui répondit.

Étrangement, une sensation de calme envahit Catherine, maintenant qu'elle connaissait le marmonneur. Elle se dit que, probablement, Tex avait tout planifié depuis le début. Sa rencontre avec lui, chez M. André, n'avait donc pas été le fruit du hasard. « J'aurais donc dû écouter maman, songea la jeune fille. Elle avait raison de croire que cette rencontre, fortuite en apparence, cachait peut-être un but occulte… »

En soupirant, Catherine répéta sa question.

— Où m'emmènes-tu ? Que vas-tu faire de moi ?

Un autre gloussement précéda un chuchotement goguenard.

— Tu vas voir ça, demain.

Ah ! voilà donc ce qu'il avait en tête. Après avoir regardé l'épisode du lendemain, il lui ferait subir le même sort que Céleste.

Oui, mais les personnages des téléromans ne meurent pas, n'est-ce pas ?

Oui, ils meurent. Catherine en avait vu plusieurs. Et puis, la sémillante Barbie n'avait-elle pas dit que les producteurs de l'émission allaient faire périr le personnage de Céleste, vu qu'elle avait manifesté l'intention de partir vers d'autres cieux ? Était-ce à ce moment-là que cette idée avait germé dans l'esprit dérangé de Tex ?

* * *

Catherine suffoquait sous la poche qui l'emprisonnait. Mais que pouvait-elle donc faire pour sortir de cette impasse ?

Ils devaient rouler depuis environ une demi-heure lorsque Catherine nota qu'ils avaient quitté le chemin principal et cahotaient maintenant sur un chemin de terre ou de gravier.

L'auto freina.

— Fais pas ta comique ou je t'attache les pieds. Tu ne pourras même plus bouger le petit doigt.

Catherine était prise comme une souris dans un

piège. Impossible de remuer les bras. Impensable d'essayer de donner des coups de pied pour se libérer de la personne qu'elle ne pouvait voir.

Le ravisseur vint lui ouvrir la portière et l'aida à sortir de l'auto.

— Je vais me placer derrière toi et je vais placer mes mains sur tes épaules pour te guider. Avance, ordonna-t-il, à voix basse.

Elle fit ce qu'il dit, en tendant l'oreille pour identifier des sons indicateurs comme le murmure du vent dans les feuilles, le clapotis des vagues d'une nappe d'eau avoisinante ou le son de moteurs d'automobiles ou d'avions. Mais sous la housse dont elle était affublée, seul le crissement du gravier sablonneux sous leurs pas lui parvenait.

— Arrête, commanda le kidnappeur, après qu'ils eurent escaladé trois marches qui menaient vraisemblablement à une entrée.

Des clés tintèrent, une porte s'ouvrit. Il la guida à l'intérieur d'une pièce et referma la porte. L'ayant adossée à un appui solide, il délia les cordages qui la ceinturaient, mais juste assez pour qu'il puisse se saisir des mains de la jeune fille, sous la housse, et les lui lier derrière le dos.

— Tu peux enlever la housse, maintenant. J'ai de la misère à respirer par ce petit trou.

— C'est ce que j'aime chez toi, Catou, chuchota l'inconnu. Tu ne manques pas de cran.

Seul Tex l'appelait ainsi.

— Que sais-tu de moi? fit Catherine. Tu me connais à peine.

Toujours ce petit gloussement détestable.

— Alors, tu l'enlèves? Je veux au moins voir l'endroit où je vais passer les derniers moments de ma vie.

— O.K.

La voix chuchotante devint menaçante.

— Mais pas de folie, hein? Bon, je t'attache à un poteau.

Un poteau d'exécution?

— Écoute Tex. Dis-moi pourquoi tu fais ça... Voyons, je ne peux pas me sauver, là... Est-ce à cause de ton oncle?... Je n'ai rien eu à voir dans cette histoire, tu sais...

Seul le silence lui répondit.

Lentement, il retira la housse. Très lentement. Comme pour faire durer son angoisse.

Enfin de l'air! Catherine respira profondément. La housse l'aveuglait toujours. Puis, d'un seul coup, le ravisseur la retira et la laissa choir sur le sol.

Catherine leva les yeux pour le regarder et faillit s'étrangler de stupeur.

La personne qui se dressait là, devant elle, n'était pas Tex.

Quelqu'un d'autre la toisait fixement d'un regard cruel... Un regard de méduse...

Chapitre 15

Non, elle ne rêvait pas… Non, son esprit ne s'était pas embarqué à son insu sur un vecteur du temps, pour traverser le poncelet projectif qui mène aux mondes parallèles…

Oh, que non!… Les yeux qui la dévisageaient maintenant appartenaient bien à un être humain fait de chair et de sang et non à un être imaginaire issu d'un panthéon mythique…

Pourtant, Janus aux deux visages lui serait apparu à la place de Lise qu'elle n'aurait pas été plus abasourdie et ne se serait pas sentie plus trahie!

En effet, sous le capuchon du long manteau foncé, elle venait de reconnaître avec angoisse le visage de sa meilleure amie.

— Lise, fit Catherine d'une voix étouffée, pourquoi? C'est pas possible, c'est une farce, n'est-ce pas?

— Une farce? répliqua Lise d'un ton glacial, non, ce n'est pas une farce! As-tu oublié les événements survenus dans *Rivière-Perdue*, toi qui vis cette série depuis ses débuts? Le déroulement de l'action se poursuit.

Lise enleva son long manteau et un épais chandail. Pas surprenant qu'elle ait paru aussi grosse que Tex ou Ken. Elle continuait de sourire, un sourire méchant, moqueur que n'avait jamais vu Catherine.

— Lise, plaida Catherine, Lise, écoute-moi. Peut-être étais-je obsédée par *Rivière-Perdue*, mais qu'est-ce que cela a à voir avec nous deux? Nous sommes amies depuis longtemps. Tu dois me dire pourquoi tu agis de la sorte.

— Tais-toi! riposta Lise qui vint se planter droit devant Catherine.

Un moment, cette dernière crut que Lise allait la frapper. Telle une bête sauvage qui surveille sa proie, Lise fixa des yeux Catherine pour qui ces quelques instants parurent une éternité.

Finalement, Lise se dirigea vers la fenêtre.

— Ne bouge pas, ordonna-t-elle. Laisse-moi réfléchir.

Catherine s'appuya sur le poteau de l'escalier auquel elle était enchaînée. Elle scruta les lieux. Où était-elle? C'était un chalet qui semblait isolé. Elle vit un foyer au fond de la grande pièce et, derrière elle, un escalier construit de façon artisanale.

Elle explora de ses doigts les nœuds de la corde qui liait ses poignets dans son dos et qui était enroulée autour du poteau de l'escalier. Les nœuds étaient solides. Elle sentit dans son dos un objet métallique. C'était un clou qui avait sans doute servi à suspendre une décoration de Noël ou quelque chose de semblable.

Si seulement elle pouvait utiliser la tête du clou pour desserrer les nœuds, cela lui permettrait peut-être de se libérer.

Catherine prit une grande respiration pour que sa voix ne tremblote pas.

— Lise, la corde est trop serrée, elle arrête la circulation du sang. J'éprouve des picotements aux bras et aux mains. Peux-tu la desserrer un peu ?

— Bien sûr, fit Lise d'un ton sarcastique, et dans quelques instants tu pourras te détacher. Pas question ! D'ailleurs, j'ai laissé assez de jeu à la corde pour permettre à ton sang de circuler.

Elle avait appuyé sur le mot *sang*.

— De toute façon, continua-t-elle, ça importe peu maintenant.

Catherine explora du regard la pièce modestement meublée. Près du foyer se trouvaient les outils habituels, un tisonnier, une petite pelle et un balai. Quelques chaises s'alignaient autour du comptoir de la cuisine. Près du sofa où était assise Lise, il y avait une petite table aux longues pattes sur laquelle reposait l'appareil téléphonique.

Le tisonnier… la petite table… mais comment traverser la pièce à l'insu de Lise ? Comment saisir le téléphone pour appeler Tex ou Ken, ou la police ?

Catherine mesura de l'œil la distance entre elle et la petite table. Trop éloignée.

Elle examina les grandes fenêtres des deux côtés de la pièce. Des pins majestueux cachaient en partie les montagnes à l'arrière.

Un chalet dans la montagne, se dit-elle, oui, je suis dans un chalet perdu dans les montagnes.

Refoulant l'angoisse qui lui serrait la gorge, Catherine, d'un ton qui se voulait dégagé, rompit le silence.

— Lise, je ne savais pas que la famille de ton oncle possédait un chalet. C'est très joli.

— Ce chalet n'appartient pas à la famille de mon oncle, mais à celles de Tex et Barbie.

Catherine se souvint que Barbie avait donné la clé du chalet à Tex.

— Ainsi, tu avais vu Barbie donner la clé à Tex qui l'avait insérée dans son trousseau?

— Oui, répondit Lise en ricanant. Je suis très rusée avec des clés, tu sais. J'ai mis la main sur la clé de la salle des contrôles de l'éclairage et du son de l'auditorium juste sous le nez de Barbie. Un jour, au centre-ville, j'ai aperçu Barbie assise dans l'auto de Tex. Ce dernier était entré dans un magasin. Elle écoutait la radio. Je me suis glissée à ses côtés, nous avons échangé quelques mots et pendant qu'elle avait les yeux fermés, la tête dans les nuages pour écouter Alain Souchon, j'ai habilement subtilisé la clé.

— Que faisais-tu dans le centre-ville? questionna Catherine, pour alimenter la conversation.

— Je m'étais éclipsée de la salle d'études pour aller acheter un tournevis afin de pénétrer dans la salle de contrôle. Je savais que tu devais te rendre à l'auditorium après la classe. Lorsque j'ai mis le grappin sur la clé, je n'avais plus besoin d'un tournevis.

— C'est l'auto de Tex que tu as utilisée pour m'amener ici, n'est-ce pas? Tu savais que la clé du chalet était dans son trousseau. Depuis quand planifies-tu ton coup?

Lise eut un rire étrange.

— Depuis le jour où Tex a dit que tu ressemblais à Céleste. J'y avais songé, auparavant, mais ce sont les paroles de Tex qui m'ont fait trouver mon plan d'action. Au cours de toutes ces années, ma mère a toujours suivi les allées et venues de ta famille.

— Ta mère? Mais qu'est-ce que ta mère vient faire dans tout ça? demanda Catherine surprise.

Après un moment de réflexion, elle demanda à brûle-pourpoint:

— Es-tu parente avec Tex Joly, toi aussi?

— Tex Joly n'est pas le seul dont la vie fut ruinée par ta mère, répondit Lise. Jos Simon était le frère jumeau de ma mère. Il vit dans un asile d'aliénés depuis que ta mère l'a poussé à tuer Tex Joly.

Catherine demeura estomaquée.

— Tu fabules, Lise. C'est par jalousie que ton oncle Jos a tué Tex Joly. Ma mère n'a rien à voir làdedans.

— Plus tard, ma mère se maria, continua Lise sans l'écouter, et me donna le jour. Mais son mariage fut un échec. Puis, incapable de supporter le fait que son frère vivait enfermé chez les cinglés, elle sombra à son tour.

— Ta mère est dans un asile? s'exclama impulsivement Catherine, réalisant sur le coup qu'elle n'aurait pas dû poser la question de façon si brutale.

— Oui, répondit froidement Lise, avec les fous! Peux-tu imaginer la souffrance que je ressens à la voir là, après l'avoir perdue quand j'étais enfant?

— La vie n'a pas toujours été un lit de roses pour toi, hein? concéda Catherine avec sympathie. Crois-moi, ça me fait de la peine.

— J'espère bien, grogna Lise.

— Mais pourquoi t'en prends-tu à moi?

— Parce que, grommela-t-elle entre ses dents, ayant perdu la personne qu'elle aimait le plus au monde, ma mère a toujours voulu que la même chose arrive à ta mère.

— Mais c'est complètement idiot, s'écria Catherine qui, aussitôt, aurait voulu ravaler ce mot.

Les yeux de Lise lançaient des éclairs. Fusillant Catherine du regard, elle alla se planter droit devant elle.

Dans sa poitrine, le cœur de Catherine se mit à battre comme celui d'un oiseau pris en chasse... Elle tenta désespérément de passer les cordages, qui ligotaient ses mains, par-dessus la tête de clou. Inutile! Ils étaient trop serrés.

— Excuse-moi, Lise. Je ne voulais pas dire ça.

Comment pouvait-elle bien ramener Lise à de meilleurs sentiments?

— Tu sais, Lise, continua-t-elle, tu m'as vraiment fait marcher. Je n'ai jamais pensé que c'était toi qui avais imaginé tous ces stratagèmes.

— Tu ne me croyais pas assez intelligente pour ça, hein? fit Lise d'un air triomphant. Tu as oublié que mon oncle possédait un magasin d'articles électroniques où j'ai appris un tas de choses. Même Ken en serait jaloux. Tu fais une mauvaise détective, Catherine. Columbo ne t'aurait certainement pas engagée comme assistante.

Puis, par le menu détail, Lise raconta comment elle s'y était prise pour réussir ses «exploits».

— Et maintenant, que veux-tu faire de moi? demanda Catherine.

— Nous saurons ça demain. Toi et moi allons regarder le dernier épisode de *Rivière-Perdue*. Nous apprendrons alors comment Céleste — et toi — allez mourir.

— Mais, Lise, tu sais bien que l'on change le scénario parfois.

— Ferme-la, cria Lise. Cette fois-ci, il n'y aura pas de changement!

Ligotée à son lit, Catherine passa une très mauvaise nuit.

Le lendemain matin, Lise lui prépara un bol de céréales et du café avant de l'attacher de nouveau au poteau de l'escalier.

— Ce ne sera pas long, maintenant, fit Lise. *Rivière-Perdue* débutera dans une couple d'heures.

Émettant un rire dément, elle alla s'asseoir sur

le sofa, puis se mit à chantonner doucement en regardant fixement par la fenêtre.

Catherine réalisa que les nœuds qui lui liaient les poignets n'étaient pas aussi serrés que la veille. Après quelques efforts, elle réussit à accrocher la corde à la tête du clou. Lentement, sans éveiller l'attention de Lise, elle commença un mouvement de gauche à droite pour user la corde.

Pourquoi quelqu'un ne venait-il pas la délivrer, comme dans les romans? Mais personne ne connaissait la planque.

Et maman, pensa Catherine, elle doit être terriblement inquiète.

— Lise, dit-elle, maman a toujours été bonne pour toi. Tu m'as déjà dit que tu aurais aimé que ta mère lui ressemble.

— Oui, c'est vrai, reprit Lise en se tournant vers Catherine. Peut-être acceptera-t-elle que j'aille vivre avec elle lorsque tu seras partie, Céleste?

Céleste? Mais elle est complètement déraillée, pensa Catherine, en continuant son mouvement de sciage. Un des nœuds se desserrait.

Un silence d'éternité s'ensuivit. Lise se leva d'un bond.

— L'heure est arrivée, lança-t-elle, en allumant le téléviseur.

Déjà, les premières notes de la trame sonore de *Rivière-Perdue* se faisaient entendre. Catherine augmenta la pression sur la corde, en regardant l'écran.

Le personnage au manteau foncé poussait Céleste à travers des tombes en ruines dans un cimetière.

— *Nous voici arrivés, Céleste, marmonna le mystérieux individu, en enlevant la cagoule qui enveloppait la tête de Céleste.*

Cette dernière demeura suffoquée!

Enfin, la caméra dévoilait le visage de l'inconnu, c'était Denis Rancourt, l'ex-amoureux de Céleste, avant Willie Fréchette et... le Dr Weston.

— Je n'ai jamais soupçonné Denis, fit Catherine, étonnée, et toi?

Lise eut un rire sardonique.

— Le responsable n'est jamais celui que l'on suspecte, n'est-ce pas, Catherine?

Céleste dévisageait Denis.

— *Pourquoi me fais-tu ça?*

— *Si je ne peux te posséder, alors personne ne le pourra! répondit Denis d'un ton hargneux.*

— *Denis, laisse-moi aller, plaidait Céleste. Tu m'aimais, n'est-ce pas?*

— *Oui, je t'aimais, mais tu m'as laissé tomber. Cela m'a presque tué. Aujourd'hui, c'est à mon tour. Et pour rendre la chose plus intéressante, j'ai décidé que tu creuserais toi-même ta tombe. De plus, j'ai apporté une rose rouge sang que je vais y déposer.*

Denis libéra les mains de Céleste.

— *Au cas où tu penserais pouvoir fuir, sache que j'ai un pistolet dans ma poche, disait-il. Alors prends cette pelle et commence à creuser.*

La pelle était placée sur une tombe où l'on pouvait lire les initiales C.B.

En se penchant pour saisir la pelle, Céleste trébucha.

— *Tu n'es pas pour t'évanouir, ricana Denis en sortant son pistolet de sa poche.*

Il s'approcha d'elle et se pencha comme pour l'aider à se relever.

Vive comme l'éclair, Céleste abattit la pelle sur la main de Denis qui échappa son arme.

— Aïe ! cria Lise, ce n'est pas ce qui est censé arriver !

En se penchant pour s'emparer de l'arme, Céleste le poussa accidentellement du pied jusque sur la tombe où étaient gravées les initiales C.B.

Comme Denis se précipitait à son tour pour récupérer son pistolet, Céleste saisit un gros morceau de marbre qui s'était détaché d'une tombe.

Avec l'énergie du désespoir, elle souleva le fragment de marbre et le rabattit violemment sur le crâne de Denis.

— Ah ! non, lâcha Lise, les yeux rivés sur l'écran.

Catherine redoublait d'effort pour se libérer de ses liens. Soudain, la corde céda.

Lise figea en voyant Catherine libre. Cette dernière se précipita vers la petite table qu'elle saisit par une patte, envoyant voler le téléphone dans les airs.

— Nous devons suivre le scénario, Lise, lança

Catherine en se dirigeant vers elle, la petite table au bout des bras.

Comme une flèche, Lise s'élança vers le foyer et s'empara du tisonnier.

— Le rideau n'est pas encore tombé sur le dernier acte, hein, Catherine Belmont !

Chapitre 16

À l'extérieur, des nuages menaçants s'amoncelaient dans le ciel. Un orage était imminent.

À quelques pas l'une de l'autre, les deux protagonistes se mesuraient du regard. Catherine avait la certitude que Lise n'aurait aucun scrupule à la frapper avec le tisonnier. Mais elle doutait d'elle-même. Pourrait-elle vraiment lancer la petite table à la tête de Lise?

Un sentiment de défaillance l'envahissait à cette seule idée. Mais sa propre vie était en jeu. C'était même pour elle une question de vie ou de mort.

D'un geste prompt comme l'éclair qui déchira le ciel au même moment, elle saisit la petite table dont elle pointa les pattes vers Lise et fit un pas en avant. Puis, un deuxième.

Crac! Un grand coup de tonnerre roula dans la montagne. Une lueur étrange, sauvage, démoniaque brillait dans les yeux de Lise.

Perdue dans la tempête de son propre défoulement démentiel, elle dit d'un ton grinçant:

— Pas un pas de plus ou je transforme cette stupide petite table en cure-dents et ton crâne avec. Je suis plus grande et plus forte que toi.

— Essaie, pour voir, la défia Catherine.

Du coin de l'œil, Catherine pouvait voir Céleste à la télé se pencher sur le corps inerte de Denis pour tâter son pouls. Mais, brusquement, il la saisit au poignet.

— Attention, Céleste! cria Catherine aussitôt.

Lise tourna la tête une fraction de seconde vers l'écran. Mais pendant ce court moment, Catherine fonça sur elle avec la petite table, comme le font les dompteurs de fauves, avec une chaise. Les pattes de la table atteignirent Lise en pleine poitrine. Elle tomba par terre et le tisonnier s'échappa de ses mains.

Catherine bondit dessus et le saisit à deux mains. Elle possédait maintenant une arme plus solide pour défendre sa vie. D'un trait, elle l'éleva au-dessus de sa tête comme pour en porter un coup à Lise, toujours étendue sur le parquet.

Levant les yeux vers Catherine, elle lui sourit soudain.

— Aïe, Cath. Calme-toi, voyons. Ce n'était qu'un jeu. C'était amusant, non? Euh… je veux dire vivre un téléroman pour vrai… Euh… toute une aventure, tu ne trouves pas?

Catherine ne bougea pas d'un poil, tenant toujours le tisonnier, telle une épée de Damoclès, prêt à s'abattre sur la tête de son ennemie au visage à deux faces.

— Ne gaspille pas ta salive. Je ne te crois pas. Et ce fut loin d'être amusant pour moi.

Puis, cherchant le téléphone du regard, elle ordonna à Lise de se coucher sur le ventre, mains sur la tête, et de ne pas bouger un seul cil.

— Je vais appeler à l'aide, lui souffla-t-elle. Mais si tu fais un geste pour te lever, je t'assomme. Compris ?

À la télé, la trame sonore de *Rivière-Perdue* se mit à jouer. On avait laissé Céleste en péril jusqu'au lendemain.

Tout en reculant, Catherine s'approchait du téléphone. Elle allait décrocher le récepteur quand, soudain, des coups frénétiques retentirent à la porte.

— Cath ! cria quelqu'un.

— Cath ! renchérit une autre voix. Es-tu là ?

C'était Ken et Tex. Ils étaient venus la délivrer !

De nouveau, Catherine se sentit défaillir. Mais de soulagement, cette fois.

Elle se retourna pour se précipiter vers la porte, mais Lise avait prestement sauté sur ses pieds et se jetait sournoisement sur elle comme une bête sauvage.

Avec l'énergie du désespoir, Catherine serra les dents et assena un grand coup de tisonnier sur l'épaule de cette tigresse déchaînée.

Lise s'effondra en gémissant et porta la main à son épaule blessée.

— Reste à terre ! la somma Catherine en la menaçant de nouveau avec le tisonnier.

Le cœur battant, le souffle court et l'estomac à l'envers, Catherine recula jusqu'à la porte et fit entrer ses copains.

Aussitôt, ils se saisirent de Lise qu'ils immobilisèrent. Catherine serrait encore le tisonnier de fonte noire de toutes ses forces. Elle le lâcha enfin en desserrant ses doigts avec peine. L'outil, qui aurait pu devenir l'arme d'un crime sanglant, roula sur le plancher avec un bruit sourd.

* * *

— Comment avez-vous fait pour me trouver? leur demanda-t-elle d'une voix faible, après que Lise eut été mise hors d'état de nuire.

— Crois-le ou non, l'informa Tex, c'est Barbie qui nous a mis sur la piste. Nous avons tous regardé le début de l'épisode, tout à l'heure; nous cherchions des indices susceptibles de nous aider à te retrouver. Nous avons pensé à aller inspecter les cimetières du coin. Mais Barbie nous a fait remarquer que ce serait idiot, puisque Lise ignorait encore en quel lieu le ravisseur de Céleste l'emmenait, au moment où elle accomplissait son forfait.

— Oui, et nous avons compris que Lise était l'auteure de ce coup pendable puisqu'elle avait pris l'auto de Tex et n'était pas revenue.

— Je la lui ai prêtée, dit Tex d'une voix remplie de remords, parce qu'elle m'a raconté que tu étais sortie de la classe en courant, que tu semblais complètement déboussolée et que tu t'étais enfuie chez toi. Elle a dit qu'elle voulait se dépêcher d'aller te rejoindre pour te tenir compagnie. Comme un pauvre imbécile épais que je suis, je l'ai crue, se lamentait Tex en se frappant le front.

— T'en fais pas, Tex. Je suis O.K.

— La clé du chalet était dans mon trousseau de clés, continuait Tex, qui avait l'air malheureux comme les pierres. Puisque Lise avait mes clés, Barbie en conclut que le chalet était le seul endroit possible où elle pouvait te garder prisonnière après t'avoir kidnappée.

Puis, lançant vers Lise un regard méprisant :

— Pas brillante, ton idée de chalet. Plutôt une idée de cruche !

Mais Lise semblait partie dans un autre monde. Son regard vague fixait une toile d'araignée, au plafond, et elle se marmonnait sans arrêt à elle-même des phrases incohérentes...

— Elle a besoin de soins, observa Catherine.

* * *

Avant de partir, Catherine téléphona à sa mère pour la rassurer.

Lise, dont les mains étaient soigneusement liées, était assise à côté de Tex, sur la banquette arrière de l'auto de Ken.

— Ma foi, c'était pire qu'une lubie, son affaire, nota Tex dont le véhicule était resté au chalet, car ils avaient décidé de s'en aller tous dans la même auto.

— La mienne ne menaçait personne, mais c'était tout de même une lubie, avoua Catherine, en s'adressant à Tex de la banquette avant.

Il hocha la tête.

— Nous avons tous nos problèmes, agréa-t-il. On apprend, pour la plupart, à leur faire face et à en venir à bout.

— As-tu réussi? s'enquit-elle avec sollicitude.

— Oui. Je les ai surmontés, Catou. Un jour, je t'en parlerai.

* * *

Les trois étudiants emmenèrent Lise au poste de police où elle fut mise derrière les verrous en attendant d'être évaluée par les autorités médico-légales compétentes.

Songeuse, Catherine faisait intérieurement le bilan de ces derniers jours abracadabrants. Il lui semblait maintenant que la vie réelle était aussi compliquée et aussi embrouillée que les scénarios des romans-savons. Hum! «La vérité, quoi qu'on en dise, est supérieure à toutes les fictions», avait un jour dit Mme Séguin, pendant un cours de français. «La fiction, quand elle a de l'efficace, est comme une hallucination naissante», avait aussi dit Mme Séguin, quand elle leur avait demandé de parler d'un auteur qui avait gagné un prix Nobel. Elle leur avait alors donné cet exemple d'Henri Bergson. Bizarre que je me souvienne de ce détail, se dit Catherine.

Les dépositions terminées au poste de police, ils s'en allèrent. Encadrée par ses deux amis, Catherine, le cœur allégé, remplit ses poumons d'air frais.

L'orage s'était dissipé. Un timide arc-en-ciel montrait même le bout de son nez irisé. Haut dans l'azur, une volée d'outardes fuyant les rigueurs de l'hiver dessinait dans l'espace l'image d'un grand V. Le V de la victoire et des horizons clairs, exempts de spectres noirs ou de trolls maléfiques.

Dans la même collection